I0763409

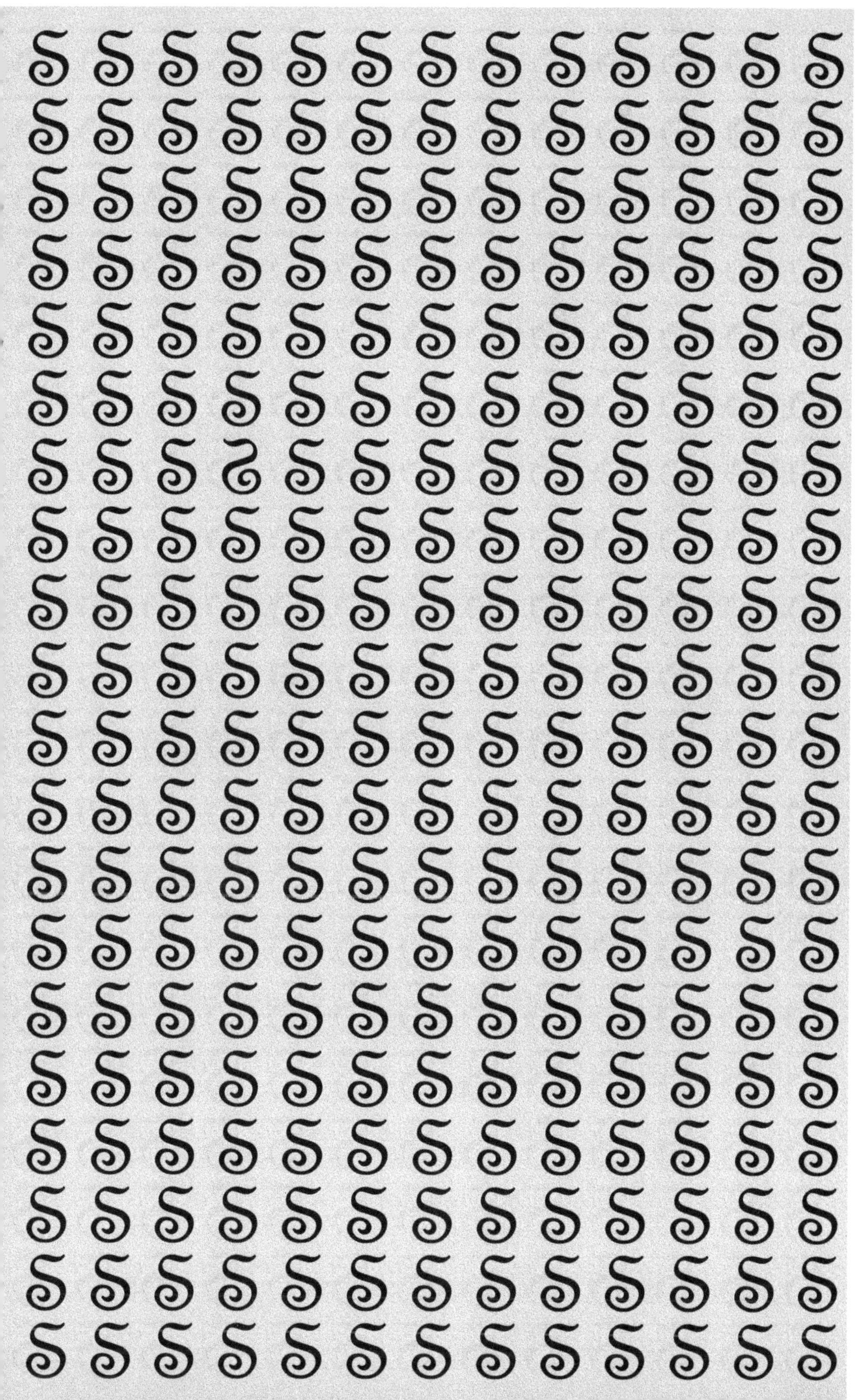

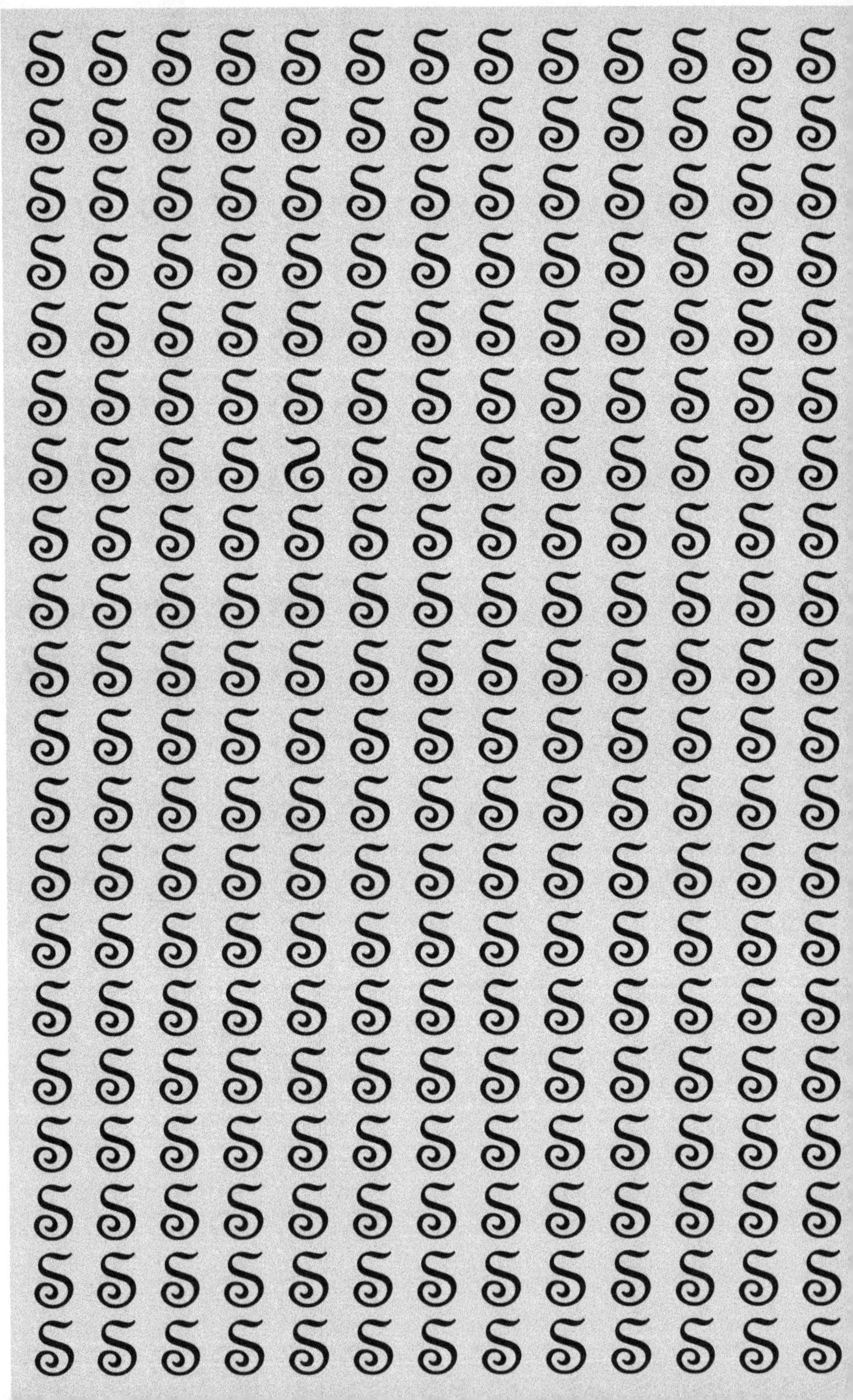

TOKI

(TE LLAMARÁS KONNALEF)

EL MUNDO INVERSO - 1

TOKI

(TE LLAMARÁS KONNALEF)

EL MUNDO INVERSO - 1

Armando Rosselot

Novelistos al Sur del Mundo

Editorial Segismundo

S

TOKI - TE LLAMARÁS KONNALEF

Armando Rosselot

Colección Novelistos al Sur del Mundo

Segunda edición: Agosto 2016 (versión corregida y aumentada)

Versión: 2.4

Contacto: Juan Carlos Barroux <jbarroux@segismundo.cl>

Edición de estilo: Juan Carlos Barroux Rojas

Diseño gráfico: Juan Carlos Barroux Rojas

Ilustrador de la portada e interior: Luis Naranjo Rojas

Fotógrafo de la contraportada: Armando Rosselot

Registro Propiedad Intelectual N° 180.080

ISBN-13: 978-956-9544-82-8

Otras ediciones de

TOKI - Te llamarás Konnalef:

Impreso en Chile

ISBN-13: 978-956-9544-83-5

POD – Amazon™, EBM®, etc.

ISBN-13: 978-956-9544-41-5

POD – Tapa Dura

ISBN-13: 978-956-9544-82-8

eBook – Kindle™, Nook™, Kobo™, etc.

ISBN-13: 978-956-9544-42-2

En la colección *Novelistos al Sur del Mundo*:

Desde la nada - Omar Cansejo

TOKI - Armando Rosselot

Las Paradojas de Philip Red - Julián Marcel

El dolor ajeno - Reinaldo Martínez

Reciclando al Abuelo - Reinaldo Martínez

El Jamón del Sándwich - Le Vieux Coq

Josefov - Guillermo Martínez Wilson

Y yo diré para mí mismo: "El mundo no puede terminar
porque las palomas y los gorriones
siguen peleando por la avena en el patio".
Jorge Tellier

Nota del autor

Estimado lector, en sus manos tiene el resultado luego de la revisión y corrección de mi primera novela: Te llamarás Konnalef, editada en el 2009 por Editorial Forja.

Toki es una novela juvenil de aventuras, en la cual me esforcé en mantener el espíritu original, pero rescatando elementos que sólo fueron mencionados en la primera entrega y vincularla correctamente con su continuación: La Montaña Inversa.

Toki es una novela fantástica juvenil, de aventuras y esperanza. Es sobre la lucha por la libertad y de lo inútil que es tratar de pasar a llevarla. Es un trabajo en el cual he puesto gran energía, ya que después de siete años nunca quedé conforme con su primera edición.

Espero que usted, lector, la disfrute y le haga ir a esos lugares que como chilenos, a veces, no queremos aceptar, pero que siempre están ahí con nosotros: Nuestra gran herencia mapuche y el enorme deseo de libertad y justicia.

Buen viaje y gracias a Editorial Segismundo por el apoyo.

Santiago, Agosto 2016

Prólogo

Aún corría viento en la quebrada norte que daba al enorme Mar de Vida, alguna vez el viejo océano. Un niño corre hacia dos figuras que lo aguardan sobre una tortuga del desierto. Había sido una gran tarde de juegos y él sólo deseaba seguir disfrutando junto a sus padres.

De pronto, algo aparece más allá de las blancas nubes del verano y todo queda en la más completa oscuridad. Los gritos no se hacen esperar y, antes que el niño pudiese decir algo, es tomado por las fuertes y gentiles manos de su padre.

—Juan, no temas —le dice el hombre al niño—. Nada sucede. Junto con tu madre volveremos al Hábitat.

"Los gritos vienen de allá", piensa el niño. No hay sol, no hay luz. Algo se siente en lo alto. Más allá de donde se supone pueden ver los ojos.

Ambos padres lo abrazan y dirigen el enorme animal hacia el lugar en donde los alaridos y el caos nacen: al Hábitat.

Algo se posa en frente de ellos y toma con brusquedad a la mujer, mientras el padre del niño trata, sin lograrlo, de sujetar a su esposa. Pero lo que se la lleva es más fuerte, más grande, más antiguo. El padre del niño grita desesperado mientras observa el cielo y la tortuga se encamina rápida hacia el Hábitat.

Un zumbido agudo y desgarrador hace que, tanto el padre como el niño, no puedan casi moverse sobre el lomo del asustado animal.

La luz comienza a volver de a poco por el oriente y las montañas. El gran castillo del *Cepress gobernante* brilla como nunca y un viento ardiente se vuelca hacia ellos.

—¡Tápense de la luz!

La voz es gruesa y potente, es la machi del Hábitat la que grita con desesperación.

—Algo ha pasado con la luz del sol —dice en un tono más bajo—. Algo muy malo viene y no podemos detenerlo.

Sus ojos están blancos como las nubes que se han ido quizás para siempre. Su voz como nunca antes tiembla. Juan tiene miedo. Su padre lo toma en brazos y corre lo más rápido posible hacia la machi.

La luz llega y quema. También puede cegar y mata. Juan oye aún más gritos mientras la mujer lo toma en brazos y su padre se aleja.

Berta, la machi, se queda en su choza con el pequeño Juan que no sabe muy bien lo que sucede.

Su padre, junto a otros brujos, ha ido donde el gran *Cepress*, allá muy alto en las montañas. Él debería tener la respuesta, él podría ayudar.

De algo está seguro el padre del niño: alguien que puso un gran objeto entre la tierra y el sol se llevó a su mujer. Eso, era indudable que sembraría más muerte. Y si aquel poderoso hombre gobernante no estaba de su lado, él mismo lo iba a combatir hasta la muerte. Si no él, su hijo Juan.

En ese preciso momento la machi abrazaba al niño que poco entendía de la tragedia que se cernía sobre él y los demás hombres. Recitaba palabras antiguas y peligrosas. Algunas lágrimas caían de sus ya arrugados ojos.

El pacto no puede romperse, piensa. No. Pero no era la primera vez que se había roto uno, ni tampoco la última.

Aún con más fuerza abraza al niño, el cual, según sus visiones, pondría fin a todo el sufrimiento de la tierra y a la tiranía establecida en el mundo.

No debería romperse…

Una voz desconocida y poderosa comienza a retumbar en la asustada mente de aquel niño llamado Juan:

"El tiempo ha llegado, y la cuenta atrás ha comenzado, pequeño".

I

La Voz

1.

"Uno de estos días te despertarás con extraños ruidos y temor en tu morada. Pensarás que es sólo un mal sueño, pero no será así. Ingresarán en tu casa y tendrás tanto o más miedo del que nunca llegarás a experimentar. Ellos habrán entrado.

Ya no serán los demonios de otro, ni los temores lejanos. Esos que alguna vez oíste de ancianos magullados o de solteras perturbadas, con el cabello roído por la desesperación y el desconsuelo. Ahora serán tuyos por siempre, y los gritos de tus hijos y pueblo no dejarán de atormentarte jamás.

¿Qué voy a hacer ahora?, te preguntarás. La respuesta está en la lejanía y en manos de un hombre desconocido y de tiempo remoto.

Pensarás casi como él. Tomarás la venganza, tomarás la salvación. Pero recordarás siempre el momento en que tiraron la puerta de tu hogar por el suelo y nada ni nadie los pudo proteger. Tu esposa, tu amada mujer, será carnada del Gran Señor y ni Dios puede interferir. Nadie".

"Ni Dios...".

La noche estaba fresca como nunca, corría algo de viento y en el cielo no había luna. Yumo Huanquimany dormía plácido junto a su esposa Millary, cuando sintió una presencia a sus pies.

Despertó sobresaltado. Una fibrosa mano lo tomó rápidamente de la cabeza y lo sacó de entre las telas. No podía gritar.

A su lado, la compañera de su vida corría la misma suerte que él y era tomada por otro ser abominable. Clavaron sus grandes dientes en los hombros de su mujer y en los suyos. Unos momentos después sintió el ardor del aire en la herida y el viento golpeando su rostro.

Una fuerte voz hizo que todo cambiara de color, y las grises bestias se retiraran una vez que lo dejaron sobre un frío piso de piedra.

Yumo levantó con dificultad la cabeza mientras estaba de rodillas en el suelo carmesí. En seguida vio al majestuoso hombre frente a él que mostraba una perfecta sonrisa. Su mujer no estaba ahí.

—¿Dónde estoy? —preguntó con gran esfuerzo, mientras gotas de sangre caían por su brazo izquierdo hasta el suelo.

—Donde tu amo y señor —respondió un hombre vestido con un atuendo lila que se había situado al lado de él.

Varios hombres y extraños seres desnudos, sin ojos, pero con grandes fauces, se abalanzaron sobre el malherido Yumo, desmembrándolo, devorándolo.

La risa, del poderoso señor que observaba la escena, se perdió en la mente del infortunado Yumo Huanquimany, mientras era abrazado por la muerte y la oscuridad.

2.

La cabeza pesaba como nunca. Sintió como si su vida entera pasara frente a él. Su corazón aún latía agitado luego de la visión que la machi le mostrara.

—¡Algo malo pasó anoche! —El joven miró desesperado en todas direcciones—. ¿No es así?

—Tranquilo, Juan —respondió la mujer—. Como tu padre, sueles angustiarte mucho. Ve y toma un vaso de licor marrón.

—Ellos, los de la montaña, nos entregan esa porquería.

—Ellos nos dan casi todo, Juan. Además, no es una porquería, nos mantiene sanos y evita que enfermemos.

—Pero ellos nos quitan más de lo que dan. ¿Hasta cuándo lo soportaremos? ¿Hasta que la visión se cumpla y seamos aniquilados?

—No, Juan —la mujer lo miró con simpatía—, todo tomará el curso correcto en algún momento.

—Como lo de Yumo y su esposa anoche, ¿no?

La machi lo miró con sorpresa, pero supo disimular.

—¿Qué sucedió?

El joven salió del cuarto sin decir nada, no sin antes tomar la botella de licor.

La mujer se reincorporó con lentitud y fue hacia él con su protector solar sobre su cabeza, hacia donde la luz del sol tocaba todo. Ahí Juan, bajo la sombra de un seco tronco, tomaba el licor marrón de la botella casi como pretendiendo entrar en ella.

—No tomes tanto licor o no vas a poder volver a tu *ruka*. —La mujer lo observó con algo más que cariño—. Tranquilo Juan, *külmelka*.

—¡Aaaah! Lo ves tía, esto es lo único que cuenta: emborracharse hasta no saber nada, hasta que los bichos lleguen, te coman y te pudras en la eterna *péuma*, o esperar a que los demonios te lleven —la miró desafiante—, sólo ahí encontraremos esa tan anhelada tranquilidad.

—Juan, vuelve a tu casa, es tarde.

La mujer le retiró la botella de las manos y lo miró a los ojos.

—¡Tú deseaste que te diera las visiones! —le regañó.

—Quería una respuesta, nada más, no quiero más miedos. Sé que todos los tenemos y vivimos atemorizados por mucho tiempo. Tú dijiste que mis padres habían visto algo y que tú también sabías qué era lo que nos acechaba.

—Cállate, chiquillo. Vuelve a tu casa. Otro día hablaremos de ello. Te lo prometo.

—¿Casa? No. Vivimos en criaderos, como los que hablaba mi abuelo cuando aún no había sido llevado. Hace siglos que no hay caminos y ciudades como en tus libros. ¿Qué clase de vida es esta?

—Vete, te pueden oír.

—Que me oigan, yo no tengo miedo, nunca lo he tenido.

—Lo sé, hijo. Por eso es que debes prepararte.

—Hace veinte años que se supone que me estoy preparando. La pregunta es, para qué tanta preparación.

La mujer dio media vuelta y entró a su choza.

Juan quedó de pie frente a la puerta del hogar de su vieja tía Berta, la machi y kalku del lugar. Solo, bajo la luz y calor del sol implacable que mataba, cegaba y también daba la energía para dejar las casas temperadas para la fría noche. Se acomodó su blanca capucha, sacó unos gusanos de una bolsa desde su bolsillo y se los fue comiendo de regreso a su *ruka*, dos kilómetros hacia el norte, cerca de la quebrada, frente al gran lodazal viviente. Alguna vez, fuente de animales y lluvia. El mar, el *lafken*, como lo llamaba su querida tía loca en aquel idioma de los hombres muertos, pero quizás más vivos que él y todos los que vagaban por la agonizante tierra dominada por el *Cepress* y el miedo de ser llevado a su presencia.

Tomó el rumbo de costumbre. Por las entradas y las pequeñas ventanas de las *rukas* muchas figuras se movían entre las sombras, sentía cómo era observado de manera descarada por toda esa tropa de cobardes sumisos, que sólo sabían gritar y lamentarse. Pero él era hijo de un guerrero fuerte y único, el cual fue vencido por el poder de un tirano casi eterno, hijo del único que tuvo las agallas de ir contra el destino y lo invencible. Pero, ¿sería él igual?, dudó. Sabía que aquella duda era compartida por todos los demás hombres y mujeres del Hábitat. También sabía que a Miriam, su joven esposa, no le importaba, que siempre iba a estar a su lado, pasara lo que pasara.

Él y Miriam se habían casado hace dos años, cuando ambos cumplieron los veinte años de edad, bajo la antigua ley mapuche, tal como la machi y su padre quisieron para él y todas las personas del Hábitat. Bajo aquella ley ancestral que los sobrevivientes de la gran catástrofe dictaron otra vez. Tal como su padre le dijo cuando era muy pequeño: "Tú serás regente algún día". *El pequeño gran toki del mundo*, que tendría que pelear como un gran guerrero cuando fuese un hombre.

Ese momento ya lo estaba percibiendo en carne propia hace algunos meses y, aunque no lo demostraba abiertamente, sentía mucho miedo. Él sabía, al igual que su vieja tía Berta, que el tiempo avanzaba incólume y ese instante iba a llegar más pronto de lo que pensaba.

3.

"Despertarás una y otra vez. Sudoroso y con una ansiedad que te mata. Al salir verás la luz del sol, pero no como antes. Te preguntarás por qué los niños juegan si el horror todo lo rodea, y éste casi se puede oler, te preguntarás por qué nadie va contra ellos, por qué sólo algunos son llamados a ser parte de su corte, por qué su carne es tibia y gritan tan horriblemente al ser devorados. Buscarás entre las ruinas alguna respuesta que calme tu alma atormentada, buscarás la clave para terminar con la bestia en que se ha trasformado tu gente. Para no ver más sangre derramándose de los labios de los inocentes, para no ver más ancianos muriendo de hambre, para no sentir nunca más el olor a carne pudriéndose en la tierra".

Noventa años.

Esa era la edad a la que los hombres aspiraban llegar antes del gran desastre. Luego, pensaba Juan, con suerte se llega a los cincuenta y cinco si es que no te llevaban antes. Te llevaban para no volver. Para lo que nadie deseaba decir, pero que todos sabían. Lo que *ellos* hacían con los raptados allá arriba en su gran castillo era horrible, sanguinario y salvaje. Todo el ritual se efectuaba bajo la mirada complaciente del *Cepress* gobernante. Era la manera de mostrar su poder cada cierto tiempo. ¿Es que acaso ya no tenía suficiente?

Juan se tomó la cabeza, no podía dejar de mirar hacia la gran estructura del terror sobre las montañas del oriente. ¿Dónde están ahora? ¿Qué hacen? ¿Cómo llegar hasta allá?, se preguntó.

Fue hacia sus excavaciones. Vestía pantalones blancos, una camisa amarilla hecha de fibra vegetal y su capucha blanca junto a su capa para protegerse del sol. Traía un carro con dos palas, una picota, algunas cajas y envases de metal antiguos y oxidados. Bajo la capa de protección llevaba un bolso con agua y su almuerzo: dos manzanas recién sacadas del árbol y algo de sal. Él sabía, que antes de que el sol alcance su cenit debía comerlas, ya que si esperaba más tiempo, las bacterias las encontrarían, las infectarían y las descompondrían en unos pocos minutos.

Las bacterias no permitían la muerte lenta, la apuraban vertiginosamente y de una forma tóxica y mortal. Desde hace siglos que no se podía comer nada que no estuviese crudo o casi vivo. Por eso Juan sólo comía gusanos y frutos de la estéril tierra del hombre.

Las ruinas se encontraban cerca, un poco más de tres kilómetros. Estaba exhausto a causa del sofocante calor y aburrido por la rutina, la cual seguía ya por dos meses y nadie del castillo lo había detenido o ido a buscar. Con seguridad, pensó, tía Berta hacía un buen trabajo con los conjuros. Era lo único que le quedaba a esa pobre vieja: su hechicería.

La mujer tenía ochenta supuestos largos años y nunca habían entrado en su choza. Tenía suerte, y mucha, pensó, pero no sabía con certeza si era así o no; quizás ni la misma tía Berta se había cuestionado al respecto.

Entró a la misma cueva donde se había refugiado en las últimas semanas. Era agradable estar a la sombra y no bajo ese sol mortal. Bebió su agua con calma, tenía tiempo. Comió sus manzanas y se acomodó para dormir un par de horas. Esperaría que el sol bajara de su cenit. Era impensable estar durante esos momentos al aire libre, bajo ese implacable depredador luminoso.

"Caminarás por antiguas calles que ya no existen. Sentirás que miles de ojos te observan expectantes, para redimirlos, para darles la tranquilidad que aguardan por siglos, y tú pensarás que la tuya no la encontrarás jamás. Descubres que tu mujer no está, tu cama arde y las ropas de tus hijos huelen a polvo. Gritas hacia adentro, tan adentro que sientes que vas a estallar de ira e impotencia.

No puedes, nadie estalla por sólo desearlo".

Para Juan el despertar luego de una larga siesta por lo general es desconcertante y confuso, más aún luego de tener sueños extraños y oír esa voz que le hablaba desde que era un niño. Voz que temía y deseaba con todo su corazón nunca más escuchar. Se recuperó con dificultad, tomó algo más de agua y se prometió regresar un par de horas antes de ir al Hábitat donde estaban Miriam y sus hijos.

Ese día iba a tomar otra dirección: iría hacia el oriente. Salió solo con la picota, una de las palas y un saco con una soga en su interior. Miró en dirección sur para observar el castillo, el cual parecía brillar con luz propia en lo alto de las montañas, como un gran ojo que lo seguía sin pestañear.

Al llegar a una zona de quebradas, las cuales fueron producidas por antiguos ríos, Juan se encontró en un borde con un pequeño rastrillo junto con dos cajas de madera y una pequeña picota, ninguna de ellas le pertenecía ni era de alguien del Hábitat. Buscó en todas direcciones por si encontraba alguna figura humana en la bruma del calor, pero no había nadie a la vista, sólo desierto y más desierto. Caminó unos metros hacia el poniente hasta que se topó con un abrupto corte. Bajó la vista y descubrió algo que hizo que su corazón se apresurara: una pierna humana sobresalía de una saliente, se encontraba descubierta y la piel estaba muy irritada por los rayos del sol. Calculó que podía estar a unos tres metros de donde él se encontraba parado. Puso la picota entre dos piedras que se veían bastante firmes en la tierra y amarró la soga a ésta.

Dada la longitud de la soga, que era bastante larga para llegar al cuerpo, se armó de valor y bajó con cuidado.

"Lo encontrarás sumido en una agonía lenta y dolorosa. Observarás su quemado rostro y no verás rasgos semejantes a los de tu pueblo... en ese momento lo sabrás... Hay cosas que ni los encantamientos de la kalku pueden mostrarte, sólo Yo puedo y podré por siempre hacerlo. Recuerda Juan, las otras veces fueron únicamente mirar por la rendija de una puerta, ahora Yo te la abro de par en par. Pronto verás mi rostro, tarde o temprano recibirás la visita de mis sirvientes".

Juan se sujetó de una pequeña saliente en forma de pie y con buen cuidado de no pasar a llevar alguna extremidad del hombre, saltó quedando al lado de éste. Aún sentía la sensación al interior de su cabeza, ¿un pensamiento? ¿Una voz? Tocó la frente de aquel hombre palpando el infierno causado por su exposición al sol. El hombre estaba muy quemado, su piel blanca y débil no lo ayudó en nada contra el abominable astro, ni tampoco sus blancas prendas y un sombrero de cuero. Sus labios parecían que iban a estallar. Debía llevarlo lo más pronto posible con tía Berta o con seguridad moriría, se encontraba muy deshidratado y Juan ya conocía aquellos síntomas, más de una vez le tocó ayudar a su tía a curar a varios hombres que se quedaban sin agua cuando trataban de ir más lejos de lo que la cordura permitía.

La experiencia en las excavaciones le ayudó a sacar el ardiente cuerpo sin mayor problema. Lo difícil sería llevarlo al Hábitat. Aún había sol y no tenía con qué cubrirlo. No esperó más, lo tomó sobre sus hombros y lo llevó rápidamente al sitio donde había dejado sus demás pertenencias en la cueva. Ya se le ocurriría algo.

Al hombre lo subió a su carretilla, lo cubrió con algunas cajas vacías y con su manto aislante. Corrió casi todo el camino hasta que alguien se percató de su cercanía gracias al polvo que producía su marcha y dio la voz de alerta. Se sabía que estaba prohibido volver de donde fuese cuando todavía quedaba luz directa del sol, menos aún sin una protección, una manta o algo sobre el cuerpo. Al llegar, estaban casi todos los del Hábitat esperándolo. Dos mujeres se acercaron con urgencia a recibirlo. Juan sólo pudo decir cuatro palabras y se desvaneció sobre ellas:

—Llévenme donde tía Berta.

Sus brazos y hombros ardían, al igual que su cabeza.

4.

"Aún no, Juan. Tendrás que esperar algunos días hasta que las hierbas comiencen a producir algún efecto en tus heridas. Ten paciencia, hijo, esa que tu padre nunca tuvo".

Una procesión de rostros y lugares llenaron la mente de Juan. Una grata brisa lo hizo entregarse de nuevo al sueño.

Sentía cómo sus brazos y piernas ardían, y al mismo tiempo cómo una picazón insistente y profunda lo hacía despertar cada vez con más frecuencia de sus agradables sueños. De pronto, una suave caricia en su frente y un beso en sus hinchados labios fueron suficientes para despertarlo por completo.

—Miriam, ¿eres tú?

Por fin pudo armar una frase.

—Sí, yo y los niños —contestó la mujer, mientras tomaba en brazos al más pequeño de sólo meses—. Mira, te querían ver.

Juan movió lentamente su cabeza hacia la derecha, abrió los ojos y sonrió. Ahí estaban los niños: Daniel y el pequeño Pedro junto a Miriam. Algo hizo que sintiera una gran tranquilidad al verlos y al mismo tiempo un enorme temor. El castillo, pensó, el hombre viejo que vi en el desierto, ¿dónde está? Quiso sentarse en la cama, pero una mano rugosa y fuerte lo detuvo; tía Berta. Ella vestía su habitual atuendo de machi para cuando estaba a cargo de algún enfermo. Sus "metales" brillaban con la débil luz de las velas y parecían danzar sobre el cuerpo de la mujer. Con seguridad es de noche, pensó Juan.

Berta traía una fuente de piedra en la que en su interior había una masa negra de un aroma fuerte y dulzón, la que comenzó a colocar sobre los brazos y hombros de Juan, haciendo que la picazón del joven aumentara más todavía.

—Tía, ¿el viejo dónde está? —preguntó al fin.

—Cerca y mejor que tú, chiquillo impaciente. Pronto lo verás, es una persona fuerte, muy fuerte.

Juan de nuevo sintió deseos de dormir mientras tía Berta le aplicaba la crema con suaves masajes. En un rincón Miriam y los niños observaban el trabajo de la mujer, mientras en la habitación adyacente el hombre que había traído Juan comenzaba también a despertar.

"Creerás que luchar contra tu destino es buscar el cambio, pero desconoces los largos y extraños campos en que se mueve y lo único que lograrás es hacerlo más real de lo que te imaginas. Recuerda, esa terrible noche está cada vez más cerca, y sé que clamarás por tu genuina venganza. Así deberá ser".

Transcurrieron tres días y Juan logró levantarse de su lecho. Habían pasado muchos sueños sin la compañía de esa voz hasta esa última noche. A su alrededor las cosas parecieron asemejarse más a otro sueño que a la realidad misma, ¿qué era lo real?, pensó. Tenía mucha sed, más de la que nunca había sentido. Ahí, a su lado, estaban tía Berta y su esposa Miriam, cuidándolo y proporcionándole todo lo necesario para su mejoría. Esa era la razón por lo cual no dejaría que nada les sucediera, nunca. Tomó agua y probó algo de fruta recién sacada del invernadero. Cuando el sol ya se escondía, más allá del antiguo mar, decidió salir un momento junto a la machi y a Miriam para estirar las piernas. Alcanzó a caminar algunos pasos y se detuvo en seco.

—¡El hombre, quiero verlo ahora! —gritó Juan desesperado.

Tía Berta y Miriam se miraron en silencio.

—Se ha ido hace horas —respondió la machi con frialdad—, es posible que espere por ti en la cueva donde haces tus excavaciones.

Juan entró de nuevo a la choza, se sentó en el lecho en el cual estuvo postrado por quince días. Estaba cansado. No se explicaba cómo era posible que aquel hombre, de blanca piel y avanzada edad, que calculó de unos cincuenta años, pudo sanarse tan rápido de las quemaduras. Por el contrario, él, un hombre joven y de piel más oscura, que sólo había estado menos de una hora sin protección y con el sol a medio horizonte, tuvo una tan lenta recuperación. ¿Tendría aquel desconocido hombre algún tipo de poder?

Al llegar la noche, tía Berta le dio a beber un brebaje para un buen sueño. Ahora con mayor razón, según ella, ya que volvía a su choza y quedaría al cuidado de Miriam. Su mujer lo esperaba, los niños dormían y la luna brillaba en el estrellado cielo.

Tía Berta le prohibió salir a la luz de sol durante tres jornadas, pero Juan sabía que necesitaba buscar a ese viejo y hablar con él. Pensó que con seguridad todavía estarían las huellas del hombre a las afueras del Hábitat luego de esos tres días. No quiso pensar nada más, cerró los ojos, le dolía la cabeza; aún estaba un poco mareado y confuso por todo lo que había sucedido. El sueño llegó rápido, más todavía con las suaves caricias de Miriam mientras le cantaba una dulce melodía y el aroma del incienso preparado por la machi, el que inundó todo el lugar.

Juan despertó con extraños ruidos en su morada. Pensó que era sólo un mal sueño, pero no era así. Alguien merodeaba su casa y sintió más miedo del que nunca pensó experimentar. Ellos habían entrado. Ya no eran los demonios de otro, ni los temores lejanos que alguna vez oyó de ancianos magullados o solteras locas. Ahora eran propios, sólo de él y por siempre. También sabía que los gritos de sus hijos, los cuales escuchaba dentro de ese pesado cuerpo, el que no podía mover, no dejarían de atormentarlo. ¿Qué voy a hacer ahora?, se preguntó Juan, y él sabía que la respuesta sólo la encontraría muy lejos y en manos de un hombre desconocido. Ese hombre viejo, pensó, cuando la imagen de un cuerpo quemado por el sol apareció en su mente.

La visión era real y su destino también. Lloró de ira desde su paralizado cuerpo por quizás qué droga, ya que no podía moverse ni abrir los ojos...

—¡Traidoraaa! —gritó desde el fondo de su garganta.

Nadie en todo el Hábitat se percató del hecho (como solía ser siempre), un batir de alas se oyó en la noche donde la luna brillaba como nunca en su cenit y Juan era vencido una vez más por el brebaje a pesar de su lucha e ira.

5.

Encontrar las huellas del hombre le fue difícil, más aún luego de permanecer drogado por dos días. Estaba deshecho, aquella voz había profetizado su tragedia y ya no tenía más lágrimas. Lo único que lo mantenía con las fuerzas suficientes para continuar era llegar donde estaban los que se habían llevado a su familia, darles su merecido.

Llevaba, aparte de su cuchillo y los alimentos, un viejo *chunfülwe* y cinco flechas que sacó en la choza de su tía, la cual no se encontraba por ningún lugar del Hábitat. Pensó que había sido llevada, que partió junto con los secuestradores, pensó que la vieja había ido sola en busca del misterioso hombre, pensó que tal vez el encontrarse drogado esa noche ayudó a que los monstruos no se fijaran en él. Todo era demasiado confuso y no quiso sacar más conclusiones por el momento.

Las pisadas se dirigían hacia el Norte, al lugar donde lo había encontrado agonizante. Juan tenía esperanzas de que todavía estuvieran sus cosas en la cueva y no hubiesen sido llevadas por el viejo o por su "tía".

En el Hábitat, como siempre, nadie dijo o hizo nada, todos escondían el rostro o se refugiaban en sus cabañas. Sólo Tulio, el pequeño joven vivaz, de nariz gruesa y cabello largo -hijo del agricultor dueño de los invernaderos- rompió el silencio. Le preguntó a Juan si deseaba ayuda o alguien que lo acompañara para buscar a la machi y al hombre, que era muy probable -pensó Juan- que conociera a la vieja desde hace mucho y posiblemente habían planeado todo. Pero Juan se negó a la posible ayuda, no sin antes reconocer el valor de ese chiquillo, el cual, a diferencia de sus padres y los otros, estaba cansado de la existencia en el Hábitat tal como se había establecido. El miedo había adormecido a todos, pensó Juan, menos a él y a ese chico.

La voz por fin había desaparecido de su mente, pero su profecía se había cumplido y sólo quedaba aguardar por los acontecimientos siguientes. Trataría de no cometer errores y tampoco seguir los vaticinios de esa voz. Se lo prometió con todas sus fuerzas.

Llegó a la cueva, pero el rastro continuaba todavía más al Norte y él ya estaba bastante cansado. Siguió las huellas por varias horas más, hasta que éstas se juntaron con otras. Hubo movimiento, pensó Juan al analizar las huellas, tal como le había enseñado su padre cuando él era pequeño y luego su tía. Vio en el polvo diferentes marcas. Al parecer el hombre estuvo conversando largamente con la otra persona, la que indudablemente calzaba las mismas sandalias que tía Berta. Luego de analizar las huellas un tiempo más, llegó a la conclusión que, tal como él sospechaba, las otras pisadas eran de su tía, la machi. El único problema al respecto era que él ni nadie pudo encontrar las señales de la mujer luego de aquella noche. Quizás fue llevada desde este lugar, pensó, al ver como las huellas se acababan de manera repentina. La conclusión era obvia, había sido tomada. Ellos entran y se llevan lo que van a buscar por el aire, ellos no caminan, no son como los hombres.

Juan gritó hacia el cielo al pensar que sus hijos y Miriam. Su grito retumbó por el desierto hasta ser tragado por la arena y el aire seco. Quedó de rodillas sobre el polvo jadeando hasta que nuevamente unas lágrimas asomaron por ambos costados de sus ojos.

La cueva estaba tal cual la había dejado aquel día. Aguardó por si aparecía el viejo, pero el hombre no llegó nunca. Sus cosas estaban en orden y no mostraban signos de haber sido tocadas. Se sentó un momento para beber algo de agua y a ordenar sus pensamientos. Las pisadas terminaban de forma abrupta unos diez metros antes de la entrada a la cueva. ¿Dónde iría ahora? Pensó, debería organizar muy bien sus próximos pasos a seguir. Se asomó a la entrada de la cueva y sobre las montañas divisó el resplandor del castillo. Tomó sus cosas, se volvió a cubrir con la capa protectora y emprendió la marcha hacia su nuevo destino sobre las montañas del oriente.

Al menos, pensó, moriría en el intento.

Había recorrido varios kilómetros cuando se percató que su sombra se estiraba largamente por el devastado paraje y la torre seguía brillando muy lejos. Su meta parecía estar a una distancia imposible, nunca había pensado que aquel lugar se encontraba tan lejos. Nunca nadie, desde los días de su padre, había osado ir hacia el castillo como él lo hacía en ese momento.

Su meta era el lugar donde suponía estaban todas o, por lo menos, varias de las respuestas que él necesitaba, y quizás, sólo quizás, también estuviesen el hombre y la machi, bajo la protección del monarca come hombres: El *Cepress*.

Juan sabía que en muy pocos minutos empezaría a anochecer y necesitaba, imperiosamente, encontrar un refugio para pasar la fría noche. Era muy probable, si no lo hacía, que fuese víctima de algún depredador nocturno, pues usualmente salían a cazar una vez que el sol se ocultaba. Lo malo era que todavía no tenía ningún refugio a la vista y el camino era muy abierto hasta los primeros cerros, donde, pensó, podría encontrar algún lugar donde guarecerse.

El último rayo de luz se fue despacio, mientras el sonido de varios insectos llenó el silencio del desierto. La estructura sobre las montañas emitía su brillante luz, lo cual le facilitó a Juan seguir la dirección correcta mientras caminaba casi a ciegas. De pronto, tropezó con una roca haciendo que el arco y las flechas cayeran al suelo. Quiso ponerse de pie, sin embargo, nuevamente perdió el equilibrio y trató de sujetarse de la piedra que había causado su caída, pero la roca se había... ¡movido! Cayó por lo que al parecer era una pequeña quebrada, hasta que otra roca detuvo su caída dándose un fuerte golpe en la cabeza. Se levantó lo más rápido que pudo, pero un fuerte pito en los oídos lo hizo trastabillar mientras se tocaba el lugar donde había recibido el golpe.

El zumbido se agudizó y otra vez cayó al suelo. Esta vez sin sentido.

* * *

—Estarás junto a él y no lo reconocerás. Tampoco vas a creer en el destino de los que fueron tu gente, y él estará esperando por ti tras su puerta carmesí. Ve y despierta. Él aguarda por ti.

Juan pensó que la voz nunca más le hablaría más en sueños, no se equivocaba. La voz era nueva y no venía de la cabeza, tampoco estaba dormido. Agradeció en silencio a la sombra que le tapaba los primeros rayos del sol de la mañana.

—Vamos, levántate con cuidado —le dijo la voz—, que aún debes sentirte mareado por el golpe que recibiste al anochecer. Las tortugas del desierto por lo general son muy temerosas.

Frente a Juan, de pie, estaba el viejo. Llevaba una gran sombrilla, unos amplios lentes protectores (los que se veían nuevos y brillantes), vestía la misma túnica que le habían entregado en el Hábitat, y tras él había una carreta hecha de madera llevada por dos enormes tortugas del desierto; cada una medía unos dos metros de largo y dos de ancho.

El viejo ayudó a Juan a ponerse de pie, le acomodó las gafas y le puso su capucha. Juan iba a hablar, pero el hombre se adelantó.

—Tenemos poco tiempo para llegar a la Puerta Azul, toma —le entregó una pequeña bolsa con bolas color tierra en su interior—. Aunque no lo creas, se pueden comer y guardar. No es necesario comer algo vivo, joven guerrero.

—¿No se pudren? —preguntó Juan algo confundido, más que por aquella aseveración, por cómo lo había llamado.

—No, y por esa razón vamos hacia la gran puerta.

—La razón es que yo lo seguía a usted y... —buscó con la mirada al rededor sus cosas, mientras se tomaba la cabeza, la que aún le dolía—. ¿Qué hizo con los otros?

El hombre no alcanzó a responder cuando el joven se abalanzó sobre él, pero esquivó el golpe y dejó al enfurecido Juan de rodillas en el suelo.

—Lo que les ha sucedido a los otros no nos incumbe por ahora, joven... casi guerrero —dijo en tono irónico—. Ambos somos víctimas de ello. —Miró a Juan con una amable sonrisa —¡Vamos hombre, dame tu mano!

Avanzaron todo lo que restaba de la mañana hablando muy poco, casi sólo recomendaciones sobre cómo andar en ciertos lugares del camino, dadas por el viejo, que iba sobre la carreta guiando a las tortugas. Juan, aparte de ir comiendo los extraños y sabrosos bocados que el hombre le había entregado, en silencio lo estudiaba; observó sus movimientos, se fijó en la manera de hablar que tenía el viejo, algo que no había analizado hasta ese preciso momento; su acento era diferente y nada tenía en común con él y con su gente.

Poco antes del medio día, hablaron algo más, el nombre del viejo era Montero. Él sabía más cosas del joven mapuche y del Hábitat que el mismo Juan. Trató de hacerle preguntas sobre de dónde provenía, qué deseaba, de su gente, si sabía sobre el paradero de la machi; pero el hombre sólo le respondió que luego hablarían sobre eso.

Juan tuvo que tragarse sus ansias y seguir el camino que el viejo le mostraba y recordar aquellas palabras de la voz ensoñadora: "*La respuesta sólo la encuentras en la lejanía y en manos de un hombre desconocido*".

Detestaba aquella voz y sus odiosas predicciones.

6.

Muy poca luz se alcanzaba a filtrar por las pequeñas rendijas en donde se encontraba Berta. Sentía bastante dolor en su costado izquierdo debido al traslado y cuando fue lanzada en aquel sitio.

Con dificultad alcanzó un recipiente con agua que alguien le dejó en el piso, lo bebió con ansias y sin preocuparse si había algo más que sólo líquido.

La bestia voladora la había tratado con la suficiente brusquedad para demostrarle su condición de cautiva, y a su vez no le había dejado mayores magulladuras salvo la de su costado y, por supuesto, su orgullo.

Se levantó, no sin cierta dificultad y se acercó a la gruesa puerta de hierro.

—¡Necesito ver al *Cepress*! —gritó, convencida de que alguien debería escucharla—. ¡Es importante para él que me dé audiencia! Porque alguien viene, y el que viene, tiene la convicción y la fuerza para vencerlo.

El picaporte de la puerta giró. Un *Tralkatufe* de la corte, de aspecto juvenil, la miró a los ojos.

—Ven —dijo—. El *Cepress* la espera.

La machi avanzó tras el pórtico de la celda. Miró en ambas direcciones por el pasillo y sonrió.

—Ya era hora —respondió en un tono sarcástico, mientras iba hacia su derecha a paso decidido.

—El hombre de fornido aspecto la siguió de cerca sin inmutarse.

"Por fin nos veremos las caras, Rey de los muertos", pensó la mujer. Ya era hora que todo tomara un nuevo curso. El momento esperado para liberar a su pueblo de las fuerzas del castillo, los engendros y de los que habitaban por sobre las nubes.

Él también lo sabía. Y ese era el viejo acuerdo, el que no podía ser quebrantado jamás o la tierra de los hombres caería para siempre.

7.

El castillo se perdió de vista al internarse entre los cerros y quebradas. En algunas de ellas, donde la luz del sol no llegaba directamente, había algo de vegetación. En contadas esquinas la tierra parecía más compacta y algo más oscura. El hombre le dijo que por esos lugares a veces corría agua y en algunas oportunidades solían asomar por entre las piedras, pequeños roedores de pelaje blanco. Al acercarse el mediodía, el hombre le señaló a Juan una cueva que se encontraba a unos diez metros de altura en una de las paredes de la quebrada por donde habían entrado.

—¿Qué hay allí? —preguntó Juan, casi con desprecio.

—Mi hogar —contestó Montero, mirándolo por sobre sus lentes—. Ahí vivo desde hace algunos años, desde mi llegada del Norte.

Juan quiso hacerle otra pregunta, pero antes de que pudiese abrir la boca el hombre silbó fuerte, y de la cueva, salieron dos grandes soportes de madera que llevaban una gran plataforma sujeta con cuerdas. Tras ello, dos figuras pequeñas y gruesas.

—¿Qué es...?

—Mi ascensor privado —contestó el hombre con una gran sonrisa antes de que Juan terminara su pregunta, quedando éste con la boca abierta mientras la plataforma bajaba—. Pronto responderé tus inquietudes, hijo. Sube después de las tortugas y ayúdame con lo que traigo en la carreta.

El viejo Montero comenzó a dar órdenes a las dos figuras que bajaban el ascensor, que resultaron ser, según explicó, Trolos; una especie desarrollada hace mucho por los mismos creadores de las bacterias y de todos los desastres acontecidos al pueblo de Juan por generaciones.

Según le contó el viejo, los había encontrado casi muertos en el desierto profundo, junto a otros dos más, los que por desgracia no pudo salvar.

—Pero, ¿cómo fue a terminar en mis excavaciones? —preguntó Juan—. Si no es por mí, usted se muere, pero, ¿supongo que conocía la zona, o no?

—Bueno, he ahí lo que deseaba decirte.

Y Montero habló.

Juan y los suyos no tenían datos suficientes de los años anteriores al establecimiento del Hábitat. No conocían sobre la plaga que casi terminó con todo, causal por lo que nada muerto duraba más de algunos segundos al aire libre sin ser consumido por las toxinas y bacterias.

—Las guerras en los años del caos no paraban nunca —explicó el hombre, a la vez que Juan no le quitaba los ojos de encima y de vez en cuando miraba a los dos pequeños Trolos que también se habían sentado a oír a Montero.

Le contó lo que en aquellos tiempos unos decían que Dios los apoyaba y, en su nombre, mataban a millones. Los del bando opuesto los contradecían rotundamente, afirmando que quien apoyaba a sus enemigos era el mismo demonio y que la sagrada misión que "ellos" debían cumplir era limpiar el mundo del terror demoníaco. Así nunca pararon de luchar, y menos intentar ponerse de acuerdo. Así las guerras se sucedieron una sobre otra. En ambos bandos nadie tuvo claro para dónde iba todo, hasta que un hombre de cabello muy blanco y de piel aún más clara apareció. Dijo tener la solución final para terminar con las guerras y el terror. Su solución llegó de un lugar escondido del planeta y casi olvidado. Habló con ambos bandos, hasta que uno de ellos lo escucho y quiso seguir el consejo del hombre, los que después lanzaron a la atmósfera un componente que descompondría cualquier elemento orgánico inanimado (o sea, sin vida) en pocos segundos, en todas las ciudades y regiones enemigas, con lo que causaría que tarde o temprano el enemigo se rindiera por la falta de alimentos y la sucesión de varias enfermedades, las que difícilmente se convertirían en plaga, gracias a la acción del mismo compuesto. Todo hasta ahí era perfecto para el bando que había comenzado con ese bárbaro ataque. Pero olvidaron un detalle: el otro bando estaba igual o más convencido aún de la legitimidad de su lucha por su Kidungüneun. Entonces pasó lo terrible: primero comenzaron a comerse vivos a los animales y luego a los enemigos que habían infectado su tierra. Luego pudieron capturar a un hombre, un rey del bando contrario, activar y liberar el componente en las naciones de sus enemigos y dejar todo el planeta infectado.

—Pero, ¿y las frutas, el agua y nuestro Hábitat? —logró preguntar Juan, no sin algo de inquietud en su voz.

—No puedes guardar una fruta por mucho tiempo sin que se pudra, ¿no es así?

Juan se levantó del piso donde se encontraba sentado de piernas cruzados y se dirigió hacia la salida.

—Allá afuera usted me dio algo para comer, y eso no se pudre. ¿Qué era entonces?

—Sólo los últimos restos de inventos desesperados fabricado por uno de los bandos para subsistir, pero con eso no durarías dos semanas. Tu cuerpo necesita alimento real, hidratos de carbono, proteínas. Ven, acá tengo algo que te gustará probar.

—El hombre se levantó de su silla metálica y se dirigió junto a los Trolos hacía una pieza al fondo de la cueva. En ella había una gran cantidad de recipientes metálicos y extraños artefactos -que el joven Juan no conocía- junto a una especie de lavabo.

Montero abrió una puerta de una gran caja metálica pegada a la muralla, sacó una bandeja llena de piezas circulares, dispuestas simétricamente. Uno de los Trolos le pasó un plato de madera a Juan y Montero sacó cuatro piezas depositándolas en el plato.

—Toma —le dijo a Juan —prueba una *galleta;* las hice para ti y gracias a ti. Y ojo, no se pudren.

Juan tomó una, muy dubitativo, mientras Montero probaba otra, el joven se la llevó a la boca y masticó. Una gran sonrisa brotó de su rostro.

8.

Berta llegó al fondo de un pasillo donde comenzaba una larga escala de piedra pulida. La mujer empezó, con mucho cuidado, a subir los peldaños. Al fondo, la luz parecía hacerse más gruesa y brillante. Miró a su costado y el hombre que la acompañaba le señaló el lugar al cual ella debía dirigirse. Sin voltear la cabeza, la machi siguió su ascenso, esta vez más decidida. Hace mucho tiempo que ella esperaba por ese momento. El engreído *Cepress* debía escucharla de una vez por todas por su bien y su reino de sanguijuelas, por el de todos los hábitats humanos y, quizás, por el bien del mundo entero.

—Bienvenida Berta, la gran machi. Hace muchos años que esperaba verte aquí —saludó el delgado y delicado monarca, mientras peinaba su abundante y espumoso cabello castaño.

—Muchas gracias, Señor *Cepress* —respondió Berta con ironía, inclinándose—. Sólo esperaba el momento más adecuado para aceptar su cordial invitación.

La mujer se acomodó en una silla que le entregó un extraño hombre de piel tan blanca como la sal, que salió de entre los sirvientes y *Tralkatufes*, sin boca, ojos, ni tampoco orejas.

—¿Qué tipo de engendro es ese, Señor? —preguntó la mujer.

—Es un hombre artificial hecho en mis dominios, brujita prehistórica. ¿O crees que por estos lados nos quedamos como ustedes, viviendo como animales?

—Animales para crianza y alimento. ¿No es así, gran *Cepress*?

Berta sintió la gran tensión que se comenzaba a producir en la enorme sala. Todos los sirvientes del amo del castillo se miraron unos a otros, sorprendidos, al ver por primera vez en sus existencias a alguien que le hablara de esa forma a su señor sin ser ejecutado en el acto.

Pero bien sabía la mujer que él nada podría hacer contra a ella, ya que había un pacto muy antiguo entre ellos dos, y de ese asunto era precisamente lo que debían tratar.

El hombre de tez medianamente bronceada y de cuerpo atlético, pidió a todos que se retiraran para estar a solas con la machi. El hombre no representaba más de unos cuarenta años, sin embargo, llevaba gobernando por más de quinientos. Cuando en la sala quedó casi vacía, se levantó de su gran y brillante silla -la que no alcanzaba a ser un trono, ya que el hombre nunca se había creído el cuento de ser Rey-, le pidió a la mujer que lo acompañara a una mesa que se encontraba al lado de una de las ventanas panorámicas, una de las ventanas que daban al poniente.

—¿No te molestaría que se quedara "Copito de nieve"? —preguntó el *Cepress,* refiriéndose a un hombre artificial que se encontraba de pie al lado de la puerta—. Como te puedes percatar él no puede oír ni ver nada de lo que aquí se hable —sonrió.

—No me vengas con esos cuentos a mí —contestó la mujer—. Con seguridad ese *Wentru-keno* debe poseer algún tipo de conector o algo por el estilo, donde le sacarás toda la información que necesites, ¿o no?

El hombre ahora rió con holgura.

—Eso es lo que me gusta de ti, hermanita, siempre tan quisquillosa.

—Dejémonos de juegos, Ismael —dijo Berta, quedando a continuación un corto, pero profundo silencio, pues aquel nombre no lo pronunciaba hacía demasiados años—. Entiende que yo sólo me dejé llevar por otro de tus engendros para aliviarme el camino hasta aquí. Tú sabes a qué he venido, ¿no es así?

—Veo en tus ojos algo de temor, querida. ¿Acaso temes por mí?

—Más de lo que temo por mí y los míos, Ismael. El momento del cambio ha llegado, el plazo se ha cumplido y Él viene. Tú sabes que nada de lo que hagas lo detendrá.

—Lo sé —respondió con desgano el *Cepress.*

El hombre miró por la ventana hacia el desierto que se encontraba cubierto por el rojizo color del crepúsculo. —Yo mismo le he hablado en sus sueños y lo estoy esperando. Tú lo debes saber muy bien, ambos somos conscientes de ello.

Berta se cruzó de brazos y fue hacia la silla en que se había sentado al llegar apoyándose de su respaldo.

—¿Acaso crees que dejaré pasar por alto la promesa que hicimos ante el mandato de los Estabilizadores, del cual yo misma soy parte, y permitiré que sigas con esta estúpida dictadura de temor para siempre?

—No tienes otra opción, lo siento mucho hermana —contestó Ismael.

Las ventanas de la sala se oscurecieron de un momento a otro y el ser artificial avanzó hacia la mujer, la cual observó la fría expresión de aquel semidios, quién alguna vez en los rincones más lejanos de su memoria, había jugado con ella en los viejos y hermosos bosques los cuales se habían convertido en un desierto hostil y mortal. Hombre sin alma, así le habían llamado los otros que fueron traicionados por su hermano: El *Wenguenam*.

La machi, antes de ser tocada por el *Wentru-keno*, se abalanzó sobre la ventana y saltó hacia el vacío, haciendo que una nube de pequeños cristales la acompañaron en su graciosa caída. La mujer, al comenzar a caer emitió un grito agudo y corto, y antes de que tocara una ladera fue rescatada de la caída por una sombra muy grande que sólo emitió dos sonidos al tenerla en sus garras: ¡Tue-Tue!

—¡Todavía quedamos brujos, hermanito mío! —gritó la machi al encontrarse segura y sostenida por el gran ser volador—. ¡Él va a encontrarte, porque él tiene algo que tú y yo no poseemos, y nosotros estaremos tras él protegiéndolo!

El hombre observó con una amplia sonrisa en su rostro alejarse a la mujer entre las sombras. Dio media vuelta y se dirigió hacia el ser artificial, sacó de su cinturón una vara metálica, de unos diez centímetros, que traía colgando y apunto hacia la cabeza del ser sin rostro, haciéndola estallar y dejando todo el piso de mármol lleno de materia gris y circuitos bioelectrónicos.

—Limpien esa porquería —ordenó.

Una gran gama de pequeños autómatas de forma ovalada, los cuales el *Cepress* bautizó como droms, repletaron el lugar en pocos segundos, logrando una limpieza rápida, silenciosa y eficaz.

9.

Juan disfrutó mucho de las galletas. Nunca había comido algo tan crocante y a su vez tan suave. Además, el líquido fresco y burbujeante que le dio a beber Montero sencillamente le encantó.

—¿Qué es esto? —preguntó el joven mientras se limpiaba la espuma de la boca con su mano.

—Es cerveza de raíz, y hecha por mí —respondió el hombre—. Nadie la ha fabricado desde hace más de cinco siglos.

—¿Cómo?

—Desde que el mundo colapsó, nadie tuvo tiempo de preparar nada gracias a las bacterias, sólo estaba la idea de sobrevivir, pero luego hablaremos de ello, ya que en primer lugar deseo que sepas por qué me encontraste casi muerto en aquella caverna.

Juan asintió, dejando que el viejo continuara.

—Yo iba camino a tu hábitat cuando llegué a esa cueva —dijo—, deseaba descansar y evitar el cenit del sol para proseguir mi camino y contactarte, pero algo muy extraño me sucedió...

Juan lo observaba, incrédulo, mientras comía más galletas y le pedía a uno de los Trolos que llenara su vaso con líquido.

—Él entró en mi mente y me aplastó —prosiguió Montero—. Fue tal como contaban en mi tierra; que el *Cepress de la costa sur* entra en ti y te gobierna desde adentro, que recorre todos los rincones de su reino con su mente, dominándolo todo desde lo alto de su castillo. Jamás, en los dos años y medio que he recorrido estos olvidados lugares del mundo, me había topado con algo semejante.

—¿De dónde viene usted? —preguntó Juan, al fin.

—Ya te lo dije, de muy al Norte. Del gran desierto primordial de Atacama. —Esperó un momento a que el joven dejara el vaso sobre la mesa para proseguir—. Fuiste tú quien detuvo el ataque cuando llegaste. Tú presencia hizo que aquella mole en mi mente se fuera; fue como si hubieses quitado unas grandes y pesadas cadenas de mi cuerpo y cabeza. Pero también fuiste tú quien hizo al poderoso *Cepress* atacarme.

—¿Por qué dice eso? Si lo único que he hecho yo ha sido encontrarme sin familia ni nadie. Más encima la vieja de mi tía también ha desaparecido.

Juan se levantó bruscamente, haciendo que los Trolos corrieran a refugiarse bajo la mesa, sacó su cuchillo y se lo puso a Montero bajo la barbilla.

El viejo lo miró impertérrito.

—Dime —la mirada de Juan reflejaba toda la ira acumulada de los últimos días—, ¿qué han tramado tú y mi tía Berta?

—¿Berta? —contestó Montero, mientras sentía como una gota de sangre corría por su cuello—. Ella sólo ha querido protegerte.

Lo único que Juan no quería escuchar, lo estaba oyendo. Quizás, en el fondo de su ser lo sospechaba, pero nunca dio pie para que aquella corazonada brotara desde aquel olvidado rincón de su mente. Soltó al viejo Montero y escuchó las cosas que él le iba decir: cosas de su vida, su familia, la machi y su sangre.

Su sangre.

La razón por la cual desde siempre los engendros entraban en las casas para llevarse a sus moradores sin más. La causa por la cual la machi lo había drogado con viejas fórmulas para mantenerlo lejos de los "buscadores", dejando que se llevaran a su gente quizás dónde.

Él y su sangre eran la cura. Juan y su herencia eran el antídoto para desmoronar el reinado de la muerte y del temor. Después de varios siglos, la naturaleza había creado su anticuerpo, el que se hallaba en la herencia genética de Juan, en su sangre. Montero, su tía y el *Cepress* sabían su secreto hace mucho. Ahora por fin, él también lo sabía. Por ello iba tomar el lugar que le correspondía para buscar a su esposa y a sus hijos. No importaba el costo ni el tiempo.

La machi ya había iniciado el proceso, le dijo Montero, ella iba a reunirse con ellos muy pronto y luego debía ir hacia el castillo, más allá de la lejana Puerta Azul. El camino era largo y peligroso.

—La Puerta Azul está a dos días de camino —dijo el viejo—. Luego de cruzar, pienso que nos llevará sólo algunas horas llegar al castillo donde se encuentra el *Wenguenam,* como se nombra en la lengua de ustedes. Es lo que espero, ya que lo existente tras la puerta es un misterio.

Juan comió otra galleta y asintió.

No había nada más que decir.

* * *

Ceñida a la espalda del brujo, el cual aún volaba muy alto, Berta vio como los primeros rayos del sol surcaban el cielo noreste dando las señales del pronto amanecer. Habían transcurrido varias horas buscando señales del paradero de Juan, hasta que dieron con dos tortugas del desierto equipadas con monturas al costado de una estructura de piedras. Bajaron.

—Montero se lo ha llevado a su refugio —comentó la machi al ver las huellas junto a los animales.

El gran pájaro, similar a un inmenso cuervo, ahora de pie, observaba sin prisa a la mujer. Hacía varios minutos que ya no emitía su característico grito y, poco a poco, su figura comenzaba a encogerse, a perder color y envergadura. Volvía a ser lo que era: un hombre.

—Es mejor que los esperemos en la Puerta Azul al crepúsculo —continuó la mujer—. Ahora debemos protegernos. Pronto los rayos del sol nos alcanzarán y ni tu hijo tiene el poder para revivir una vez quemado.

El brujo, alto y delgado, observó a la machi con algo más que inquietud cuando ella pronunció la palabra "hijo", luego miró hacia el poniente, donde se encontraba el Hábitat. Conocía aquel lugar y a su gente, mal que mal había sido su antiguo hogar por muchos años, deseaba algún día poder volver ahí y compartir con su gente. Eso sería luego de vengarse y terminar con la maldición del *Cepress*.

—Tampoco él conoce lo que yo he visto, lo que viene de más allá de las nubes —dijo el hombre, cubierto todavía por algunas plumas.

La mujer lo observó con ojos temerosos al recordar que había algo incluso más grande y peligroso que su "hermano" y sus aberraciones, arriba en el cielo.

Buscaron refugio bajo unas grandes rocas para luego descansar junto a las enormes tortugas, las que dormían plácidamente en su lecho de siglos.

10.

Luego de dos jornadas de sólo desierto, arena y devastación, Juan y Montero llegaron hasta la Puerta Azul. Era enorme, se encontraba construida al fondo de un gran acantilado donde dos cuerpos montañosos se unían finalmente. El hombre y Juan bajaron por un escarpado camino junto a los Trolos. El sendero terminaba en una pequeña planicie en la cual dos *Cuel* daban la señal de que hasta ahí llegaba la tierra del hombre, y lo que venía más allá pertenecía al mundo del *Cepress*, a los muertos y a la locura.

Sobre uno de los *Cuel* había una gran fogata que lanzaba destellantes tentáculos al cielo iluminando el lugar. Sobre el otro se encontraban dos personas: una mujer algo gruesa y una figura delgada y alta, cubierta por una toga larga, que ondulaba a la par con el nocturno y fresco viento de la montaña.

—Debemos ser cautelosos con el que acompaña a la kalku, Juan —dijo Montero—. Él es un brujo muy poderoso y amigo de tu tía, pero sus métodos van en contra de las creencias y valores de tu pueblo y del mío.

—Entonces, puede que sea mi amigo —contestó Juan—. Ya no soporto más la cobardía y la resignación de toda esta gente.

—Puede ser que no entiendas todo lo que debes entender.

—Ya entendí suficiente —concluyó Juan.

El joven se adelantó al viejo y subió el montículo de tierra para enfrentar a su tía y al desconocido. Ella y el hombre recitaban ciertas palabras contra el viento. Eran palabras viejas y extrañas, las que al sólo oírlas causaban asombro y temor. Juan se detuvo, pues suponía que no eran sólo palabras. Algo en su mente despertó al oírlas, más de algún recuerdo enterrado resucitó, se dio cuenta que sabía más de lo que pensaba. Ensimismado observó al hombre que estaba junto a la mujer que seguía con sus invocaciones y conjuros. Algo impenetrable, pero conocido, había en él.

—Bienvenido Juan —dijo de pronto aquel hombre, sin ni siquiera darse vuelta hacia el joven.

La vieja machi sonrió. Para Berta las escasas nubes bajo la luz de luna también parecían sonreír por primera vez en mucho tiempo, ya que al fin se encontraban los tres que debían estar en el lugar que correspondía y en el momento debido. Lo que sucediera a continuación estaba fuera de sus visiones y predicciones. El pacto debía llegar a término y el *statu quo* acabarse. Todo para el resurgimiento de la tierra y de los hombres, del mar y los seres vivos. Para el resurgimiento de una nueva Era de luz y verde, de lluvias y de nubes. Por ello, los demonios debían ser expulsados de la gran tierra toda, y el virus de la muerte tenía que ser derrotado finalmente por el elegido de los hombres: El líder guerrero.

Al aparecer la luna tras la montaña, un repentino temor hizo que la machi se tocara el pecho y cerrara los ojos en una corta y profunda súplica.

II

Tierra Extraña

1.

Sobre la tercera torre del castillo, la más brillante y alta, Ismael, El *Cepress* -como lo nombraron los Estabilizadores siglos atrás-, pensaba sobre su futuro inmediato como el eterno gobernante de las *Tierras del Sur*.

El tiempo que había pactado con los intrusos se estaba cumpliendo, y él, más que nadie necesitaba la sangre de los *cultivados* para poder seguir viviendo. ¿Sabía aquello su hermana? ¿El joven a quien ella ayudaba, tenía alguna idea de lo que traía consigo? ¿Era acaso el kalku volador, el hombre que lo enfrentó hace años? Todas aquellas preguntas lo estaban atormentando y ya no había más cámaras de estasis para los abducidos, ni más entregas de cuerpos a los

Estabilizadores. ¿Qué sucedía? ¿Sería Juan su sucesor tal como lo había soñado desde el día en que el joven nació?

Se dejó de cavilaciones, era la hora de programar a los droms para la lucha; primero contra los brujos y luego contra los Estabilizadores. Y él, el próximo Cacique de la tierra de los hombres, se sabía fuerte y astuto. Se preparó para el momento que se avecinaba durante siglos. Guardó la sangre que le daría, si no una inmortalidad real, una gran fuerza para combatir las pestes y las nuevas armas biológicas que los Estabilizadores ocuparían con toda seguridad.

Sabía que el joven sucesor no necesitaba más sangre que la producida por su cuerpo, pero aquel joven también sería su arma secreta contra sus enemigos, y ellos eran muchos. Existían otros *Cepress* en el mundo a los cuales también debería vencer si deseaba ser él el único gran regente. No haría concesiones.

Al joven, por supuesto le daría un nuevo nombre, una nueva identidad, sería su Toki en las batallas que se avecinaban. Bajó las escalas y se dirigió a su gran biblioteca para buscar un buen nombre para su guerrero. Aquel lugar en el castillo era lo único bueno que le habían dejado los intrusos, aparte de su casi eternidad. Buscaría uno en su lengua materna, en la lengua de los hombres porque él, a pesar de su inmortalidad, también era un hombre.

Por la ventana norte de la biblioteca, observó la aperlada noche de su pequeño "reino". Lejos, muy cerca de la primera entrada, la de la Puerta Azul, se percibía una débil luz amarillenta y él sabía muy bien qué era esa luz.

El tiempo nunca se detiene y los dados estaban rodando más rápido de lo que había calculado. El reflejo de su sonrisa tapó la pequeña luz en la gran ventana. Muchos droms comenzaron a moverse a su alrededor.

2.

La doble Puerta Azul medía más de setenta metros de alto y veinte de ancho. En su centro colgaba un gran candado, el cual la sellaba.

Era pasada la media noche y Juan se preguntó cómo podrían abrir semejante puerta o, en el peor de los casos, sortearla, lo cual era imposible por lo empinado de los costados.

La machi y los dos hombres hablaron. El hombre que vestía de negro levantó ambos brazos y dijo extrañas palabras a modo de conjuro. Su tía asintió mientras Montero muy pocas veces acotó algo. Los dos Trolos, algo retirados del lugar, se divertían jugando, lanzándose pequeñas piedras que encontraban en el suelo.

Vamos a tener que sacar alas para volar por sobre esa puerta, pensó Juan. Unos instantes después Montero y la machi se le acercaron.

—No temas —le dijo la mujer a Juan, con lo que el joven le devolvió una mirada de extrañeza—. Ahora observa —señaló la machi.

En ese instante, el extraño hombre se arrodilló frente al *Cuel* con las llamas en su cima, su cuerpo de un momento a otro fue una masa negra, luego, dos enormes alas brotaron de aquel bulto oscuro y su figura se acrecentó, después se elevó por sobre las llamas y fue hacia lo alto de la gran puerta agitando sus alas con vigor.

—¡Tue-Tue! —gritó repetidas veces el gran brujo convertido en un enorme pájaro negro. Los dos Trolos dejaron de jugar y corrieron a refugiarse a los pies de Montero.

Juan, con la boca abierta, miró fijamente las piruetas que aquel hombre-pájaro hacía en el aire, hasta que la luz de la fogata no pudo iluminar más la oscura figura del ser volador. El rostro de su tía Berta no mostró mayor asombro que Montero.

Se oyó el sonido del metal al ser golpeado fuerte y repetidas veces, junto a un batir de alas agitado, hasta que, ante sus ojos, el joven Juan vio como el candado caía a los pies de la puerta. Los dos pequeños Trolos corrieron a ver el candado con lo que Montero les ordenó que lo corrieran de allí para poder abrir la puerta y cruzar.

—El mecanismo del candado estaba muy enmohecido, fue relativamente fácil para el kalku abrirlo —dijo Montero, mientras miraba hacia lo alto.

—¡Quizás cuántos siglos ha permanecido ahí! —exclamó Juan.

—Más de cuatrocientos años, Juan —dijo el viejo—. Quizás tu tía puede saber con mayor exactitud la cantidad de años. ¿O no, Berta?

La mujer le ofreció una sonrisa burlesca al viejo y se acercó a Juan.

—Hay mucho que debes saber Juan— dijo—. Quizás, éste sí sea el momento adecuado para conocer los hechos y sepas realmente a lo que vamos. Pero en primer lugar debemos cruzar el límite —dio un par de pasos hacia la puerta—. Esta puerta, Juan, tiene un poco menos de la edad del *Cepress* y la mitad del tiempo que ha trascurrido desde que el mundo se llenó de ponzoña.

—¿Y qué hay con los míos, mi familia? —preguntó el joven.

—Por eso vamos al castillo del *Wenguenam*... Los tuyos, aún deben estar ahí. Mientras antes lleguemos mayor esperanza hay para ellos y los otros secuestrados.

El hombre-pájaro bajo rápido hacia ellos, quedando sólo a algunos metros sobre sus cabezas y moviendo de manera continua sus negras alas y cuerpo. Su cabeza, alargada y de plumas muy finas cambiaba constantemente de lado, mostrando dos grandes ojos casi sin expresión. Se acercó a Montero para señalarle la puerta.

—Manos a la obra —dijo éste.

Luego, junto a los Trolos y Juan, comenzaron a abrir la enorme Puerta Azul.

Al cabo de unos minutos lograron dejar una abertura lo suficiente amplia para cruzar hacia el otro lado.

—¿No hubiese sido más fácil que ese brujo con alas nos tomase a cada uno y nos cruzara al otro lado sin tener que hacer este gasto inútil de fuerza y energía? —preguntó Juan.

—Probablemente sí —contestó la machi—, si es que el kalku no tuviese que volver junto a mí al Hábitat para traer a nuestros hombres a la lucha, Juan. Además, tú y los otros necesitan una vía de escape por si acaso y si él no estuviese disponible, ¿o no?

Montero y Juan intercambiaron miradas. Las cosas no las estaba viendo Juan de la misma forma que al comienzo. El joven enfrentó a la mujer.

—¿Qué me quieres decir? ¿Qué te marchas en una supuesta cruzada para buscar a la tropa cobardes de nuestro pueblo?

La miró desafiante, a la vez que el hombre pájaro bajaba cerca de ellos y Montero se situaba entre ambos.

—¡Alto, Juan! —ordenó Montero—. Tú aún no sabes muy bien lo que aquí sucede. Yo no he viajado por años para ver que ustedes se peleen, ni para que todo mi esfuerzo de años se vaya al diablo. Tienes que saber, Juan, lo que tú has perdido no se compara con lo que nuestra raza ha padecido durante estos siglos —le ofreció una fría mirada a la machi—. Aquel hombre que conoces como kalku, aquel que vuela...

—Silencio, gran *Kuifi* —interrumpió la mujer—. Recuerda que las cosas deben saberse sólo en su momento, no antes ni después.

La mujer se acercó a Juan, que miraba a ambos con sus ojos plagados de dudas y le tomó ambas manos.

—Lo sé —dijo—. Sé que ellos, allá en el Hábitat son cobardes, ¿pero sabes?, ellos no conocen bien qué es lo que de verdad son, sólo han vivido como prisioneros del temor, miedo al *Wenguenam* gobernante y sus artefactos. Tú no lo eres, Juan, ni nunca lo serás, porque traes la herencia más pura de nuestra sangre, la de tu madre y padre —apretó fuertemente las manos de Juan—, quién luchó con valentía en contra del *Cepress* y su falsa paz, hasta que fue vencido.

Juan soltó las arrugadas manos de la mujer y se encaminó hacia la oscura silueta del kalku.

—¿Quién o qué eres tú realmente? ¿Qué esconden ellos? —preguntó el joven, desafiando al brujo.

El hombre pájaro no respondió, se elevó emitiendo su característico sonido hasta perderse en la negrura de la noche.

—Ven, Juan, debemos continuar —dijo Montero, mientras los dos Trolos se situaban a su lado.

De improviso se escuchó otra vez el fuerte batir de alas y Juan, antes de dar un tercer paso, fue levantado por las garras del kalku. —¡Tue-Tue! —gritó el brujo, elevándose hasta que los gritos de Juan y los de él comenzaron a perderse en la noche.

—¿Qué le sucede a ese brujo? ¿Se ha vuelto loco? —alegó Montero.

—No, amigo mío —contestó la machi—. Él ahora va junto a su sangre a luchar, a educarlo y a recuperar algo de lo perdido. Juan no será el mismo al volver. Tú no lo fuiste luego de ser vuelto a la vida por aquel hombre —apuntó hacia el castillo—. ¿O no?

—No, Berta, no lo fui.

Ambos se quedaron en silencio junto a los Trolos, ante la entrada a la tierra del *Cepress*. Esperarían algunas horas más, esperarían por esos dos hombres que se perdieron en las nubes, que iban a pelear en la batalla que se aproximaba, porque ese era el destino trazado desde siempre.

Ellos dos, junto a los Trolos, podrían dormir y descansar tranquilos.

Montero no pudo conciliar el sueño, temía quedar indefenso ante esa última oportunidad y perder a Juan, pero traía la sangre del joven -la que le había dado la machi- en su bolso. Con esa cantidad podría alimentar a todo un ejército, y no sólo de galletas. Pero, ¿quién traería a los hombres del Hábitat?

La mujer pareció adivinar sus dudas.

—No te preocupes, Montero. Te aseguro que ellos dos traerán a los demás hombres. Y será mucho mejor que así sea.

3.

Quizás el aire no era tan fresco ni húmedo como ella recordaba, pero al observar aquella bola verde y marrón, tras el horizonte repleto de fulgor y estrellas, sentía una tristeza que aún no lograba comprender.

Pronto, le decían los Guardianes, volvería a la nueva tierra *En Estabilidad* junto a los otros elegidos. Le decían que iba a ser recompensada con una nueva mente y cuerpo, con una nueva manera de ver las cosas y de pensar.

Aún le dolían sus brazos. Hace algunos meses o semanas -no lo recordaba con claridad- le habían comenzado a molestar las tomas de muestra y los catéteres en su brazo. Cada vez eran más dolorosos. Trataría, aunque no era nada seguro, que las gentes de vestimenta blanca se los cambiaran por algo similar a lo que traía en su cabeza y cuello.

Esos no dolían tanto. Las máquinas tampoco le causaban dolor.

Como en cada jornada, Fabiola cerró los ojos para dormir una vez que las luces de su recámara se apagaron. Soñó con risas de niños, con las pequeñas casas de madera y piedra de su infancia, con la lengua de los hombres y la magia de su gente. También soñó con su joven esposo y su pequeño hijo que tanto tiempo atrás perdió, quizás para siempre. Eso sí que dolía, pero era un dolor que no se podía curar con cápsulas ni con las drogas que aquellas gentes le daban. Despertó sobresaltada en medio de la oscuridad.

¿Cuánto tiempo había transcurrido realmente?, pensó. El tiempo, tal como ella lo conocía, había dejado de ser lo que alguna vez fue y su vida también. Algunas imágenes se asomaron en su memoria, en ella habían juegos y animales muy grandes que cargaban sus pertenencias a su gente, su familia. Aquella palabra resonó en su mente llenando de colores la oscuridad de aquel cuarto, algo semejante a una sonrisa se formó en el rostro de la mujer y algunas lágrimas se hicieron notar en el contorno de sus ojos.

Nadie me ve, pensó. Pero ellos no necesitaban la luz para ver y, antes que Fabiola pudiese decir algo, un punzante dolor la atacó por su costado, haciendo que su consciencia se desvaneciera una vez más, muy rápido. Pero en esta ocasión sus sueños no tuvieron forma, color, ni tampoco risas.

4.

El cielo, las estrellas y la luna daban vueltas alrededor de Juan. En un momento supo que sobre el brillante astro estaban los ojos del gran dios y el espíritu de su gente.

Su gente que había sido llevada para siempre.

Y en ese momento él también era llevado.

Acumuló fuerzas y gritó:

—¡Bájame, que tengo que hacer algo! ¡Para que sepas no te tengo miedo! ¿Acaso eres un sirviente del que me habló en mis sueños?

El kalku descendió con rapidez y depositó a Juan sobre una explanada cubierta de arenilla. Juan sacudió sus ropas mientras se incorporaba, a la vez que el brujo cambiaba de forma algunos metros más adelante.

—El *Cepress* te mentirá siempre —dijo el brujo, ahora con forma humana.

—¿Y cómo sé yo, que tú, Montero y mi tía no me están mintiendo?

Por primera vez Juan y el misterioso hombre se vieron cara a cara.

—Eres muy frío para actuar así, luego de lo que has vivido —dijo el brujo—. Y muy tonto como para retarme, sabiendo que te puedo matar con facilidad, ya que tus armas quedaron en manos de la machi y el *Kuifi*.

—Será la maldita herencia que traigo, la misma que hizo que mi padre muriera y…

—¡Silencio! —gritó el brujo, a la vez que descubría su cabeza y mostraba un cabello aún más negro que la sombra bajo la luz de la luna—. Yo combatí con los tuyos, sé más que la machi sobre tu pueblo y los horrores que hay en el castillo y más allá de las nubes.

Juan no pareció entender muy bien lo último dicho por el hombre.

—¿Más allá de las nubes? ¿Qué quieres decir con eso?

—Mucho más alto que el castillo y su gobernante, hay dioses-demonios muy poderosos y malignos, que aguardan por el momento exacto para reclamar tu tierra y la de *Cepress* —explicó el kalku—. La gran y decisiva batalla viene en camino. Tú lo presientes al igual que Montero y la machi, aunque no lo digas y no sepas como expresarlo. Yo he subido hasta las nubes y he visto los enjambres de luces enceguecedoras que ellos poseen. Tu madre —prosiguió—, hace mucho que fue llevada hasta el astro redondo que brilla esta noche en el cielo, y tu padre, luego de aquella tragedia, quiso hacer que el *Wenguenam* entrara en razón, para que juntos pudiesen combatir a los dioses-demonios, sin saber que él —apuntó al castillo con ira—, el *Cepress,* ya estaba junto a ellos e iba a traicionar a su pueblo y a su madre tierra. Tu padre, el que llevaba tu mismo nombre, fue derrotado por los demonios del cielo y traicionado por aquel hombre sin alma y sin nación.

Una vez más, Juan preguntó que quién era él y qué sabían la machi y el viejo solitario, el que decía venir del Norte.

—Yo soy sólo un reflejo de otro tiempo —respondió el brujo —y Montero es el *Cepress* renunciado, el que nunca aceptó venderse a los que organizaron el mundo luego del fin —miró hacia el oriente con cierta nostalgia en su mirada—. Más allá hay unas cuevas que conozco que nos servirán para guarecernos, ya que en dos horas comenzará el amanecer.

—¿Qué hay con mi tía Berta?

—Ella es alguien a quien los Estabilizadores no creyeron nunca con tanto poder. Y el *Wenguenam,* aunque no lo creas, la ha protegido siempre con no sé qué intención. Sube, nos vamos.

En el instante que el hombre comenzaba su metamorfosis, tres seres de forma humana aparecieron frente a ellos. No poseían rostro y sólo emitían un gutural sonido que parecía salir de su plexo solar.

—¿Qué son? —preguntó Juan, sintiendo por primera vez en su vida el miedo evidente a lo desconocido.

—Droms a las órdenes del *Cepress* —contestó el brujo sin inmutarse—. Y vienen por ti. Hay que matarlos.

El hombre sacó de entre sus ropas una larga vara de metal, la cual brilló a la luz de la luna.

—Toma Juan, esto es para que te defiendas —dijo el kalku mientras le entregaba la vara—. Sólo debes dirigir la punta más delgada hacia el blanco y pensar en que reviente. Esta arma es otro de los inventos del *Cepress*.

Cuando Juan tomó la posición de defensa, el brujo desapareció de su lado y, de un momento a otro, apareció tras los droms. Juan se dio cuenta que aquel hombre poseía una rapidez abismal, ya que de un cerrar y abrir de ojos decapitó a dos antes de que pudiesen enfrentarse al brujo. Al tercero, lo inmovilizó de pies y manos, tomándolo por su parte posterior.

—¡Ahora Juan! Apunta a la cabeza y haz lo que te dije. Tenemos algunos segundos antes de que se reactiven y nos ataquen aunque no tengan la cabeza.

Juan apuntó con la vara hacia el drom y deseó que el engendro reventase. Sintió un cosquilleo en la mano que sostenía el arma y un aumento de su temperatura. El drom comenzó a sacudirse, cada vez más rápido hasta soltarse de los brazos del brujo y correr hacia el mismo Juan.

El brujo golpeó tan fuerte al drom en la "cabeza", que esta se deshizo casi por completo y el bío-ser comenzó a dar vueltas en círculos hasta caer.

—Sentí que mi mano ardía —dijo Juan, luego que el drom se desplomara.

—Es tu fuerza interna, Juan, que se proyectó por esta *Vara de Muerte*. Pronto podrás dominarle, y no sentirás más ese calor en tus manos.

Los droms volvieron a levantarse, mientras los pedazos que se encontraban diseminados por el lugar comenzaron a ser devorados rápidamente por las bacterias que habitaban el aire y el suelo.

—Se reactivaron —dijo el kalku—, cambiaron su centro de comando a uno auxiliar en el cuerpo, ya no son tan rápidos.

—¿Cómo?

—Puedes matarlos sin problemas.

Juan tomó la vara con firmeza otra vez y apuntó. El brazo izquierdo de uno de los droms había cambiado de forma, era más largo, poseía los dedos tan afilados como dagas y casi topaban el suelo. De pronto ese brazo estalló, luego el drom completo. Después los otros dos entes también reventaron.

El grito de dolor de Juan no se hizo esperar. Su mano estaba inflamada y parecía latir a los ojos del joven.

—Hay mucho odio en ti, Juan —dijo el brujo.

—Sólo el suficiente —contestó Juan, mientras observaba con detención las llagas en su mano y a la vara con la cual había matado a los droms.

—Nunca es suficiente. Te lo aseguro —respondió el brujo.

Juan avanzó unos pasos hacia el costado de una muralla rocosa que estaba a su derecha y observó cómo los cuerpos se deshacían. Al voltearse hacia la muralla vio dos entradas entre las grandes piedras.

—¿Cuál es tu nombre, misterioso kalku?

—Mi nombre es Galvar, o por lo menos así me decían antes que tu pueblo fuera sometido a los de arriba por el *Cepress* —respondió el brujo y miró hacia las dos entradas.

—¿Antes éramos libres? —volvió a preguntar el joven, esta vez con mucha curiosidad.

—No éramos libres por completo. Pero en aquellos días no se llevaban a los nuestros para ser el combustible de los tiranos.

El brujo tiró una pequeña piedra hacia dentro de la cueva.

—Sí, esta cueva nos puede servir de protección para más adelante —dijo.

—¿Estamos muy lejos de Montero y tía Berta? —preguntó Juan.

—No, no estamos lejos, sólo a una hora a paso rápido de donde salimos, tras la puerta.

Juan se quedó en silencio un momento, mirando con detención todo el lugar y al brujo que lo llevó hasta ese sitio. Al ver a la gran y brillante luna pensó en aquellos misteriosos dioses que habitaban en las alturas, de los cuales no tenía conocimiento hasta esa noche. Dioses que existían sometiendo a su pueblo y que el *Wenguenam* ayudaba. Percibió la sensación que todo el lugar le transmitía algo semejante a un pensamiento, semejante al mismo odio que él sentía, pero de manera diferente. No era odio, si no que había algo más, algo parecido a un rechazo mezclado con una gran impotencia; similar a un deseo, a una añoranza. Sintió como que las rocas del lugar anhelaban decirle más cosas de lo que él o cualquiera de los suyos pudiese imaginar.

—¿Qué sucede aquí? —preguntó Juan algo temeroso—. Siento como si algo quisiera hablarme desde todas direcciones. Son como... casi voces —recalcó—, algo parecido a lo que me enviaba el *Cepress* a mi cabeza, pero éstas son como formas no acabadas.

El brujo lo observó asintiendo y paseándose a su alrededor, mirándolo de pies a cabeza y con una leve sonrisa en su rostro.

—Sí —dijo—, veo que has logrado contactarte con la *Primera Matriz,* Juan —Galvar lo miró a los ojos—. Me doy cuenta que no soy el único con esa cualidad, además se ha logrado lo que esperaban todos de ti.

—¿Todos?

—Tus padres, Berta y Montero —respondió escueto—. Debemos continuar.

Juan deseaba preguntar muchas cosas más, pero cuando iba a hablar, de entre las piedras sintió un susurro suave y gentil, claro. Una imagen de un lugar desconocido se le vino a la mente y la forma de un *Kullin* tomó apariencia, invadiendo sus pensamientos de manera total, quiso resistirse, decirle al brujo que lo ayudara, pero algo tomó el control y lo hizo perderse en aquel sitio verde y húmedo, hasta caer sobre sus rodillas con los ojos mirando hacia lo alto y su boca abierta como en un grito mudo. Luego, Juan comenzó a emitir sonidos semejantes a un rugido, después fueron mucho más que eso y el joven finalmente perdió el sentido yaciendo de espaldas sobre la seca tierra.

—Está hecho —dijo Galvar para después quedar en silencio. Dio media vuelta y se sentó. Recitó viejos conjuros y aguardó tranquilo.

Berta y Montero esperaron, cerca del *Cuel* con la fogata encendida, a Juan y al kalku por casi tres horas, hasta que de pronto sintieron el batir de alas característico del brujo cuando el azul del cielo comenzaba a notarse por el oriente. Sabían que no tardaría mucho en amanecer con la consiguiente calamidad de tener que buscar refugio. Ambos miraron al cielo y vieron a Juan como iba afirmado a las espaldas del gran pájaro mientras éste volaba.

—¡Crucen al otro lado! —gritó Juan—. Hay unas cuevas a unos pocos metros de aquí para refugiarse. Yo, con Galvar iremos al Hábitat antes que los rayos del sol nos alcancen y traeremos a los hombres por la noche.

La mujer intercambió miradas con Montero y le sonrió casi dichosa.

—¡Cuídate, Juan! —respondió Montero—. Eres indispensable para lo que se viene, y también para tu gente.

—Sí, lo sé, por eso pienso traer más galletas de tu cueva. Aunque sé que traes algo de mi sangre contigo, viejo pillo —contestó Juan.

Montero rió fuerte.

—No te preocupes, Berta —dijo el hombre—, tu sobrino por fin ha descubierto su verdadero ser y la fuerza con que enfrentará su destino. Y tú, sí que eres bruja.

Berta también rió.

5.

"Eres la herencia de mi sangre, la continuación de todo lo creado en la tierra. No habrá más extraños en el camino, ni tampoco familia. Tú eres parte de mí y yo soy parte de ti, juntos gobernaremos por sobre los extraños y sus máquinas de muerte. Tú serás mi Toki y yo el Lolco, el gran Cacique de la tierra de los hombres, y nada logrará vencernos. Luego, el mundo volverá a su sagrado camino lejos de los intrusos y sus aberraciones de estabilización. No habrán más droms, tampoco habrá más sangre, porque la sangre eres tú y también la seré yo".

—¿Qué sucede, Juan? —preguntó Galvar al ver que el cuerpo del joven se sacudía de manera extraña sobre el suelo de la *ruka* en que dormía en el Hábitat.

—No lo sé —contestó muy consternado Juan, mientras se reponía y lograba sentarse con cierta dificultad—. Al parecer el *Cepress* ha entrado en mi mente otra vez.

—Lo que te diga ese maldito es mentira, Juan. No debes prestar atención a sus palabras. Sólo trata de confundirte.

—¿Quién no trata de manipular?, Galvar. Sí hasta ustedes mismos lo hacen por mi sangre. ¿O no?

Galvar guardó silencio un instante sin quitar los ojos del rostro del joven.

—Si lo deseas, me voy —dijo—. Tú puedes hacer más cosas de las que crees.

—No lo hagas, es que estoy algo confuso —respondió Juan, para evitar cualquier malentendido con el poderoso brujo.

Del exterior llamaron. Afuera, aguardaban Tulio y su padre, con ellos algunos hombres fuertes, los cuales habían aceptado ir al castillo. No sabían muy bien a qué se enfrentaban, pero existía un gran deseo por terminar con el temor persistente, ese miedo a perder a alguien durante cualquier noche.

—Estamos listos —dijo el joven Tulio, que tenía unos cinco años menos que Juan. Llevaba su frondosa cabellera oscura mojada, vestía una sudadera blanca, un pantalón gris a media pierna y unas botas para desierto, también llevaba una lanza de aluminio, de esas que quedaban muy pocas y recordaban los primeros tiempos luego del colapso mundial.

A Juan, aquel chiquillo le pareció más crecido desde que se había marchado unos días a buscar a Montero.

¿Qué había pasado?, se preguntó Juan. Lo que sucedía era algo insospechado hace algunas jornadas atrás. Quizás, pensó, la machi y Montero algo hicieron con esta gente, algún hechizo. Ella y el viejo todo lo hacían como siguiendo un plan muy bien trazado, pensó. No tardó en concluir que, tal vez, Galvar podría ser el artífice de todo eso al observar cómo el extraño hombre hablaba con los del Hábitat y todos querían ayudar como fuera. Supo que ese hombre era más que un simple brujo, en su manera de ser había voz de mando, de autoridad, de gran sabiduría y nada, en absoluto nada de soberbia. Recordó la experiencia que vivió tras la Puerta Azul junto a ese hombre, pensó en sus antepasados y tuvo un gran deseo de mirar al cielo para observar detenidamente la sagrada luna que se encontraba en casi llena. Pero algo no estaba bien en ella. En su superficie vio dos pequeñas manchas negras que jamás había visto antes.

—¡Galvar! —gritó, sintiendo algo realmente malo y apuntando hacia el astro—. ¿Sabes qué es eso?

El brujo miró en la dirección que Juan le señaló, frunció su aguileño rostro y se acercó a él.

—Hay que partir lo más rápido posible, Juan. Lo que tenía que pasar ha ido más rápido de lo que se previó —hubo una pausa—. Ni el *Cepress* esperaría esto.

No había duda. Todo se había planeado hace mucho y él era sólo una pieza más en todo ello.

Esperaba ser una pieza no desechable.

6.

Fabiola miraba con fascinación el cielo estrellado, a ella le encantaba la vista de las estrellas sobre el oscuro e inmenso telón del cielo. Pasaba horas observando el mundo marrón que corría con lentitud por el firmamento mientras las máquinas hacían circular la sangre por su cuerpo. Añoraba aquel lugar y deseaba volver aunque ya no recordaba por qué.

Hoy no pudo finalizar con su rutina. Su visión fue interrumpida por dos grandes cruceros de la inmensidad (como les había llamado uno de los hombres que la asistían), que se había situado en frente a su ventana, con lo cual le impedían ver por completo el horizonte.

A su lado, una nueva compañera la observaba con detención y al parecer quería hablarle pero no se atrevía. También había dos pequeños que estaban conectados a las máquinas; ellos dormían. Recordó que vio a los niños dormir en aquella sala y en ningún sitio más. Siempre se los llevaban después de poco tiempo (un par de jornadas, a veces tres o cuatro) y por lo general los más grandes estaban más tiempo. ¿Cómo sabía ella que eran niños?, se preguntaba Fabiola algo confusa.

—¿Qué miras tan detenidamente? —le preguntó de una vez a la nueva mujer.

No hubo respuesta y la mirada de ésta la percibió llena de extrañeza y molesta.

—¿Qué sucede? —volvió a preguntar.

—¿Dónde estamos? —preguntó la nueva mujer.

—En la sala de limpieza, donde nos estabilizan —respondió Fabiola con calma. De hecho, le parecía muy extraño que alguien no supiera para qué eran aquellas máquinas.

—Nos han sacado de nuestra tierra, nos han sacado por la noche... y mis hijos están muy débiles... y yo...

La puerta de entrada se abrió y un hombre de blanco, alto y delgado, entró sonriente a la sala.

—Buenos días, Fabiola, veo que nuestra nueva amiga está interesada en conversar contigo.

—Así es, señor Midletton. ¿Cómo se llama ella?

—Su nombre es Miriam. Y también tiene que ser estabilizada antes del retorno.

Miró hacia el costado de la sala donde dormían los dos niños, mientras eran tratados.

—Espero que se lleven bien. En pocos días más volveremos junto a nuestros Estabilizadores —prosiguió—. Además, ellos, como nuestros hermanos mayores, sabrán preparar todo para nuestra llegada.

Miriam observó con la cabeza gacha a ese extraño hombre vestido tan pulcro, que decía las palabras de una manera muy distinta a como ella hablaba, mientras sentía que sus brazos eran succionados constantemente por aquellas grandes serpientes clavadas en su carne y oía el suave ronroneo de los hipnotizantes muros de luz, que la invitaban a dejarse llevar por el sueño y la oscuridad.

Alguien entró a la habitación custodiado por dos hombres vestidos del mismo blanco que Midletton.

A los ojos de Miriam no era un hombre ni tampoco animal. Vestía algo como una piel sobre la descolorida que poseía. Sus ojos eran grandes, muy grandes. La observó durante un eterno segundo y, antes que ella pudiera gritar, el pequeño ser le ordenó dormir. Quiso resistirse oyendo las últimas palabras de Midletton hacia los otros hombres que acompañaban al extraño hombre:

—*We have the launch tomorrow at 1200 hours. Please, stay alert.*

Luego, llegó la oscuridad y el olvido.

7.

Ismael tomó una de las viejas armas que tenía guardada en una de las tantas habitaciones de su castillo. "Por si las cosas no se presentaban como debían ser", se dijo. Los acontecimientos se habían adelantado más de lo prudente y él iba a actuar.

Los droms y los hombres a su servicio se encontraban preparados para atacar en cuanto aterrizaran los Estabilizadores y los hombres del Norte. Era imprescindible que el joven y la vieja machi se presentaran lo más pronto posible a las puertas del castillo. Ese sería el momento en que por fin podría hablar con él frente a frente, aunque estuviese con su hermana y aquel viejo cobarde de Montero; el que huyó de su deber, dejándolo a él con toda la responsabilidad. Había prometido ser su aliado y nunca lo hizo, dejándolo a merced de los caprichos de los Estabilizadores. Pensaría en algo apropiado para el viejo traidor.

De quien sí tenía miedo, y ya no le cabía duda luego de leer la mente del joven, era del otro: del brujo pájaro, el que una vez casi lo venció y estuvo a punto de avergonzarlo ante su corte. Ordenó las armas, los escudos y las balas; también las balas especiales, ésas que estaban destinadas para los pequeños intrusos grises. Recordó el casco dado por uno de los *gringos* del *primer establecimiento.* No podía estar desnudo ante el poder mental de esos engendros de las estrellas, aunque el suyo no era de desmerecer, pero como había aprendido en aquellos lejanos días de niño, entre el caos y la muerte, más valía prevenir que lamentar, y él no tenía tiempo ni ganas de lamentar nada.

Ordenó a varios droms y a un sirviente ir en busca de aquel artículo, hecho por los del norte hacía más de cuatrocientos años. También pensó en elaborar algunas "nuevas magias" para los visitantes. Rió al pensar en cómo lo habían desestimado los gringos embusteros y los enanos grises.

"Well, my friends", se dijo. *"It's time to do our job, and wait for the fools"*.

Y los droms se movieron otra vez.

8.

Las conquistas y las matanzas siempre fueron el temor de cualquier pueblo indefenso desde los albores de la civilización. La subsistencia del más fuerte por sobre el débil y después la deshonra o aniquilación del vencido; luego, el gobierno "justo" para todos y, por último, la tiranía sin parangón hasta que el tirano era vencido junto a su séquito y vuelta a empezar. Así, por siglos de siglos. Toda la historia de la humanidad era un ciclo estúpido y repetitivo.

Berta pensó durante muchas horas en ello y en lo que se venía. En el juego donde ella y su hermano, allá en la cumbre del gran castillo, habían caído. En el movimiento para detener el ciclo, para que el hombre volviera a gobernarse, a entenderse, a evitar la funesta repetición de dolor y sufrimiento.

En un primer momento pensaron en mantener a raya a los intrusos y al Hábitat en una relativa paz, pero luego de años las cosas se escaparon de su control y pasaron a ser dos títeres más de aquellas fuerzas provenientes del vacío interestelar. Ismael, en su gobierno dado por los conquistadores y su cortejo de serpientes, había tratado sin éxito de que todo fuera lo mejor para su pueblo, habló, prometió... pero ante la frialdad de los dioses vio como su gente empezó a ser raptada sin que él nada pudiese hacer, hasta que un día decidió ser como los dioses, pedir su ayuda y aprender, aprender mucho para cuando fuese el instante oportuno dar un golpe certero y mortal. Ese momento había llegado finalmente, y ella era sólo una parte de ese juego, junto a aquel viejo que no quiso ser títere de nadie y que podría encontrar la muerte junto a las inocentes criaturas que lo acompañaban. Al igual que ella.

Para Berta era difícil calificar su estado actual y el de los demás miembros de esa cruzada. Era casi un hecho que el *Cepress* trataría de unir sus fuerzas con la del joven y ella, pero tanto Montero como Galvar lucharían hasta la muerte contra él. Por último, los pueblos de las *Willimapu* y otras tierras no tenían nada que hacer contra las grandes fuerzas que se venían una vez que el aire estuviese limpio del flagelo de las bacterias. Según las señales del oráculo de arena para ello no faltaba casi nada, quizás sólo un par de noches; y todo era culpa de ella misma, pues ni ella ni Ismael pensaron que los niños de Juan también podrían llevar el antídoto, nunca se les cruzó por la mente que el anticuerpo podría sobrepasar la adolescencia de Juan y trasmitirse a su descendencia. Nunca jamás.

Pronto estarían con ella Juan y Galvar junto con una docena de hombres del Hábitat. Su trabajo con aquellas mentes había rendido su pequeño fruto. Pero, ¿era correcto lo que había hecho? Sólo lo sabría cuando llegara el momento y cuando todo pasara. Era mejor dormir un poco y descansar.

Pasaron algunas horas y Montero aún dormía junto a los Trolos. Berta decidió levantarse para hacer un ritual, un *Machitún.* Llamaría a la *Primera Matriz,* a la *Pachamama,* para que interfiriera en ese pequeño y olvidado rincón del mundo, donde quizás, se sellaría el destino de las pocas criaturas que todavía quedaban en él. Danzó, recitó y cantó a la luz de la luna. Sus metales brillaron con holgura y poder mientras invocaba a los antiguos espíritus de la tierra y el cielo. Rogó por *Kuan,* su sobrino que sería el nuevo Toki que llevaría a la liberación definitiva. Sus pies retumbaron en el suelo con fuerza. Su voz también danzó en el aire, la tierra y en la luz, hasta la morada de sus ancestros en las raíces del mundo.

9.

Para sorpresa de Juan y Galvar, Tulio había reclutado a más de dos docenas de hombres. Todos se encontraban armados, llevaban lanzas, arcos, ondas y flechas.

—El agua y los gusanos lo llevarán las mujeres —comunicó Tulio—. Un poco antes de salir comeremos mucha fruta —dijo el joven, muy decidido.

—Bien —respondió Juan—. Al parecer todavía queda algo de orgullo aquí. ¡Nosotros estamos preparados para lo que viene! —gritó.

Todos levantaron sus armas, palos y antorchas.

—¡Estamos listos para la lucha! —respondieron en un grito fuerte y claro.

Algo había cambiado con los hombres del Hábitat, pensó Juan, algo sin duda había hecho la bruja de su tía en aquel lugar, y algo iba a suceder con ello.

Galvar, lo observó sonriente.

En pocos minutos todo estaba dispuesto. Debían ser rápidos y estar frente la Puerta Azul antes del amanecer de la siguiente jornada. Juan y el kalku conocían bien el camino e irían un poco más adelante para guiar a los hombres de una manera eficiente y evitar que algún engendro volador los atacase; los *Piwuchén,* como le dijo Galvar que se llamaban.

—A veces pueden aparecer volando —dijo—, pero también pueden ser similares a serpientes, o aparecerse con alguna forma similar a la humana, como los que vencimos. Son engendros, fruto del conocimiento que los dioses tras las nubes le dejaron al *Cepress.* Nada más.

—Nadie será tocado por ellos —aseguró Juan.

—No prometas cosas que no puedas cumplir, Juan —dijo el kalku—. El *Cepress* atacará con todo lo que tiene.

Momentos después todo el grupo comenzó a moverse en silencio con Juan, Galvar y el joven Tulio a la cabeza, mientras los que se quedaban en el Hábitat los observaban con gran respeto y esperanza. Únicamente se oyó el respirar de las gentes, los pasos en la seca tierra y el sonido de escudos y armas.

El recorrido no tuvo inconvenientes. Juan y el brujo sobrevolaron varias veces a la tropa de hombres y mujeres que cruzaban la abominable oscuridad con sólo algunas antorchas. Hacia el oriente, en la lejanía, la luz de los dos *Cuel* había aumentado su brillo, con lo que Galvar concluyó que la machi y Montero avivaron el fuego para guiarlos hacia ellos.

La luz del castillo del *Cepress* brillaba a unos 45 grados sobre el fulgor de los *Cuel* en llamas.

Algunos hombres y mujeres iban sobre las dos tortugas del desierto que poseía el Hábitat, lo cual ayudaba a llevar ciertas armas y agua para no quitar fuerzas a los hombres. Los animales se movían con gran determinación. Como si supieran a qué iban.

Juan le pidió a Galvar que lo llevara un momento al refugio de Montero, que sabía dónde estaba, pues debía ir por algo. El brujo aceptó dejarlo en la entrada, para luego volver donde los demás hombres. Juan aceptó; no era conveniente dejar a la caravana abandonada y a merced de un ataque.

Al llegar, la soledad del hogar del viejo llenó de cierto temor a Juan. Si antes ya había estado ahí, no había reparado en todos los artefactos que Montero poseía y en lo antiguo que parecían ser; cosas de otro mundo, otra existencia, de libertad y de muerte. ¿Cuántos fantasmas podrían existir entre todos esos artículos?, pensó. Buscó entre las cajas que el viejo mantenía arrumbadas contra una pared, había gran cantidad de fotografías; de personas, de lugares y ciudades, las cuales él sabía que estaban bajo la arena del desierto y derrumbadas, tal como la descubierta en sus excavaciones cerca del Hábitat. Fotos de personas sonrientes en lugares ridículamente iluminados y coloridos, con verde, mucho verde, todas ellas muy distintas a lo que recordaba cuando era niño; solamente una mala copia de un verdadero paraíso. Quedó varios minutos observándolas en detalle. Rostros que con seguridad habían sucumbido en el horror de la última guerra, las bacterias y las masacres. "Para mis abuelos", decía en el reverso de una de ellas, en la que aparecían tres niñas de piel blanca y un cabello claro como las canas de una anciana; las niñas eran acompañadas por un hombre muy robusto de barriga prominente con pelo en el rostro y una ropa de colores muy oscuros, junto a él estaba una mujer de piel blanca y cabello rojo. Todos de pié, sobre la verde vegetación de un lugar hermoso, limpio y lleno de vida. Una vida que ya no existía.

Entró a la habitación que contenía los artilugios metálicos, dejando las fotografías sobre una silla. Tomó un recipiente sobre una pequeña mesa a un costado de la pequeña habitación y la llenó con las galletas que Montero dejó en una caja de plástico para su regreso.

Salió de la cueva sin mirar atrás, con la sensación de que lo vivido por las personas de las fotografías fue mucho más cruel y peor que lo experimentado por él y los suyos. A ellos los habían lanzado al infierno en un abrir y cerrar de ojos, sólo cabía orar por su descanso y, si era posible, vengarlos. En menos de cinco minutos oyó el batir de alas del brujo.

Casi de amanecida, una vez que entraron en el cordón montañoso, encontraron varias cuevas donde pudieron guarecerse hasta que las condiciones lo permitieran.

Una vez establecidos, Juan repartió galletas a todos los de la caravana, para darles fuerzas y el anhelado antídoto que activaba la sangre. Su sangre.

En el cielo matutino aún se divisaban sobre la luna las oscuras manchas oscuras.

—Deben ser enormes —le dijo Juan a Galvar que también observaba.

—Más de lo que nadie tenga memoria. Te lo puedo asegurar —respondió con voz sombría el brujo.

M

III

Escaramuza y Separación

1.

Por las salidas inferiores del castillo del *Cepress* varios droms saltaron y se dirigieron, volando, hacia las luces que emitían los intrusos del Hábitat, los que habían ingresado al territorio prohibido sin permiso del soberano.

El *Cepress* observó satisfecho la formación de ataque de sus criaturas, las que se dirigían a enfrentar a los que acompañaban a su futuro joven Toki. Sus instrucciones habían sido claras, por lo que esperaba una eficaz programación de los seres biomecánicos. La orden era simple: matar al kalku -ladrón de sus mortales *Varas de Muerte*- a como diera lugar, luego regresar sin causar daño alguno al joven y a la machi. Los otros, no importaban, aunque al viejo deseaba darle una sorpresa especial. Estaba ansioso de observar el desempeño de los droms especiales en combate (no sólo llevándose a temerosos aldeanos por sorpresa en la noche). Sus dos Chamanes, encargados de afinar detalles de programación le habían preparado un habitáculo especial por el cual podría observar a su "pelotón", dar las instrucciones pertinentes en caso de alguna calamidad y, por supuesto, *mandar mensajes* de todo tipo a los débiles que osaron cruzar a sus dominios.

Luego de ese supuesto ensayo estaría preparado para la llegada de los Estabilizadores y los del Norte. Para la real batalla.

—*Cepress,* hay novedades con respecto a las observaciones lunares —dijo uno de los Chamanes que se posó a un costado de Ismael. El hombre vestía un traje lila, como casi todos los hombres a los cuales Ismael había preparado para ayudar en el castillo y hacer las entregas -dos veces al mes- a los Estabilizadores.

Si las gentes supieran que gracias a él y sus negociaciones existía aún el Hábitat.

—¿Cuáles son las novedades? —preguntó, sabiendo muy bien cual serían éstas.

—Hay movimiento en la superficie —respondió el sirviente—. Las dos grandes estructuras ya comenzaron a moverse, por lo que es de esperar que los Enjambres estén en órbita o en nuestra atmósfera en pocas horas más.

Los Enjambres que se llevaban a los elegidos, pensó Isamel. ¿Para qué los necesitarían ahora? Los planes se podían enredar mucho.

—¿Tiempo exacto de llegada? —preguntó.

—Según los cálculos, cinco horas.

El *Cepress* supo que debía apurar a Juan. Pensó en él hasta que lo encontró. Luego de concentrarse lo suficiente, lo llamó.

Les haría creer lo peor para tener al joven pronto en el castillo.

2.

"Ven por tu venganza Juan, únete al nuevo rumbo, los límites físicos no serán obstáculos para el destino glorioso y eterno de nuestra tierra y tu herencia. Tú conoces muy bien lo que tienes, ellos no, y también sabes que juntos podremos vencer a quien sea. Siempre. Oye las voces de la verdad...".

—¡Basta!

El grito de Juan hizo que Galvar y los demás reunidos en la gran cueva despertaran sobresaltados, pensando que algo malo acontecía.

—¿Qué sucede, hijo? —preguntó Montero, mientras lo levantaba para darle algo de beber.

—¿Eras tú aquél que me habló siempre, no es así *No-Cepress*?

La pregunta hizo que el viejo retrocediera y casi tropezara sobre una de las fogatas que alumbraban la cueva.

—¿De qué hablas, Juan? —Montero lo miró fijamente a los ojos—. Estás confundido. Yo jamás haría algo así.

—Deja al viejo en paz, Juan —dijo la machi muy seria—. Él ya ha pagado en vida el haber…

—El haber ayudado a los de arriba, ¿no es así? —interrumpió Juan—. A los que se dicen llamar Estabilizadores, a los que usaron a nuestra gente y a su sangre para… para… —Juan pareció desvanecerse —crear un nuevo…

Cayó inconsciente en los brazos de Galvar. Todos se miraron, mientras un silencio sepulcral llenó el lugar.

—El *Cepress* nos ha atacado por el flanco más débil —dijo la machi—, y eso ahora es la mente de Juan. Prepárense, no falta mucho para que los engendros lleguen hasta aquí. Yo me ocupo de Juan, ya que él no puede estar así por mucho tiempo. Sería devastador.

Juan salpicaba odio por todos los poros. En su inconsciencia gritaba en contra el *Kuifi*, Galvar, y la propia Berta. El joven invocaba antiguos cánticos y hablaba sobre desconocidos rincones del castillo en la montaña.

La machi tomó su pequeño *Kultrún* de cuero y comenzó a recitar las palabras que sólo ella conocía.

El kalku se quedó un momento a la entrada de la cueva, observando el *Machitún* que había comenzado Berta, como esperando a Juan liberándose del poder del *Cepress,* el que lo mantenía en un estado de profundo sopor. Así transcurrieron treinta minutos.

De pronto, los dos Trolos de Montero corrieron hacia la cueva y se oyeron varios gritos de hombres y mujeres.

—¡Preparen las armas! —gritó un hombre de pelo canoso y largas piernas que se encontraba junto a Montero.

Galvar corrió hacia los hombres.

—¡Hagan grupos de cuatro y manténganse separados! —gritó, mientras subía a una piedra y luego se envolvía con su negra capa—. ¡Montero, tú debes guiarlos, que no queden a oscuras!

Galvar, convertido en hombre pájaro, voló hacia los droms, mientras el *Kuifi* ordenó cuidar las antorchas y el fuego. No podían permitir que las criaturas apagaran las llamas.

Los *Piwuchén* eran numerosos, de largos colmillos y garras afiladas. Embistieron primero contra los mayores y las mujeres, llevándose a dos. Tulio, que había logrado replegarse, disparó sus flechas contra dos de los engendros que se le abalanzaban, mientras el kalku atacó a uno que se llevaba a una joven mujer. Montero se unió a Tulio y juntos soportaron varias embestidas, defendiéndose primero con arcos y flechas para luego hacerlo con lanzas y hachas.

—*Kuan*, mírame a los ojos —ordenó la machi, con palabras alargadas y con un letargo cadencioso.

Berta, sostenía la cabeza del joven, mientras los ojos de este bailaban en sus órbitas. Ella sabía que era necesario provocar una hipnosis pasajera para liberarlo del control a distancia. Sacó unas sales de un bolso muy pequeño que traía bajo sus ropas e hizo que las inhalara al ponerlas en su nariz. Si eso no daba resultado ya no sabría qué hacer…

—¡*Nepen, Kuan, Nepen. Meñaln, fanté*[1]! —gritó Berta, en el idioma de la tierra.

Y Juan soñó…

Había un sendero por el cual Juan caminaba sin preocupaciones. "Puede ser la muerte", pensó, sin ni siquiera inmutarse.

El paisaje era diferente. Ya no estaba en la cueva junto a los otros y al brujo tan semejante a él. Todo era verde, como en las fotografías, y había mucha agua: ríos, lagos y un enorme mar azul. Al costado del sendero vio una materia blanca que brillaba con la luz de un sol que no dañaba. "Nieve", le dijo la voz que llegó desde lo alto de aquella montaña. "En tu tiempo esas cumbres son una sola, unidas por el gran castillo", oyó Juan, y la voz luego le habló de la guerra, le contó sobre sus antepasados, le enseñó por qué el

[1] ¡*Despertar, Juan, despertar*! ¡*Liberarse, ahora*!

odiaba y cómo los del Norte habían construido la gran fortaleza entre aquellas torres de piedra.

"Todo fue destruido por nada", le dijo la voz, "ellos creen que pueden transformarnos para su provecho", dijo otra vez la voz. Y Juan siguió caminando y asintió. "Tú crees que puedes cambiar todo al estar junto a mí", le respondió. Luego una suave brisa en sus mejillas asemejó una respuesta afirmativa. "Pero olvidas algo", dijo Juan, "hay alguien que es más fuerte que tú y yo y los que desean estabilizar todo el mundo". Una nube cubrió el benévolo sol en modo de pregunta. "La tierra misma, el planeta entero", respondió Juan, mientras tomaba un diminuto fruto rojizo de un pequeño arbusto y luego se lo echaba a la boca.

"No creerás que eso salvará a la vieja, al anciano y al brujo derrotado, el cual antes llevó tu mismo nombre. Ellos no desean decirte de una vez quién es él, ya que es sólo una marioneta al servicio de la tu tía... La noche llegó de súbito cuando Juan gritó, tratando de hacer callar la voz. "Voy por ti rey traidor, a tu gran corte", dijo Juan, "voy por ti finalmente...".

El sonido de tambores llegó desde el cielo, el mar y la luna... más tambores. "Nunca he sido rey...", respondió el Cepress con un viento gélido... eran los tambores que tocaba la machi.

Juan abrió los ojos.

—¿Qué sucede? —preguntó al despertar.

—Afuera los nuestros luchan con los engendros del *Cepress.*

—Mi padre también está batallando, ¿no es así?

La mujer quedó paralizada sin saber qué responder, pero Juan se reincorporó con rapidez y decidido a salir a pelear. No había nada más que decir al respecto, pensó Berta. Los acontecimientos se estaban desarrollando mejor de lo que ella y Montero creyeron.

Juan tomo su arco y flechas. Al salir de la cueva disparó cinco veces y cinco droms voladores cayeron. Montero, Tulio y algunos más los terminaron de matar a golpes y lanzazos.

Galvar bajó gradualmente mientras vociferaba su típico grito y cambiaba de forma tras una roca. Al finalizar su metamorfosis caminó hacia la cueva donde se encontraban los otros y algunos heridos. Juan y la machi estaban de pie a la entrada de la cueva, más atrás Montero que, ayudado por los dos Trolos, movía el malogrado cuerpo de uno de los guerreros del Hábitat.

El kalku supo lo que acontecía cuando fijó sus ojos en la mujer. Sin saber qué decir, quedó estático como las piedras del lugar. Juan, no quitaba la mirada sobre él.

—¿Quién te has creído tú para ocultarte todos estos años de mí y de tu pueblo? —preguntó Juan en un tono duro y golpeado.

Galvar de nuevo se cubrió con su capa y, convirtiéndose en el pájaro-brujo, se elevó hacia lo alto sin contestar la pregunta de su hijo, dejando a todos pasmados ante la situación en que se encontraban y a Juan más enfurecido aún.

Berta sólo movió la cabeza de lado a lado.

—Juan —dijo la machi—, ¿cómo puedes poner en duda su actuar si tú no sabes todo lo que a él le ha tocado vivir?

—¡Lo que él ha vivido! Y nosotros, tía Berta, ¿qué? —miró hacia el cielo por donde el kalku había desaparecido—. Nosotros hemos sido abandonados y usados. Y eso, no tiene perdón. Mi padre ha sido un cobarde, hasta se cambió de nombre para no ser reconocido.

—Pero, él no lo hizo por temor a sí mismo, sólo lo hizo para protegerte, Juan...

—No más Juan, ahora me llamarás *Kuan*, en la forma de nuestro pueblo, como tú bien lo sabes. El que lo desee, que me siga, y el que no, puede volver mañana por la noche, si no quiere ser quemado vivo a medio camino —le dio una despectiva mirada a la mujer—, o tal vez huir cobardemente como ese brujo traicionero.

Juan apuntó hacia el cielo y nadie dijo nada.

Montero, un poco alejando de aquella conversación, sonrió desde lo más profundo de su ser. «El joven es fuerte», pensó, «más de lo que pensamos, Berta. Mucho más».

3.

En los claros pasillos del transporte, la silueta de Miriam parecía sólo una sucia mancha gris, rodeada de entidades diáfanas y sonidos múltiples. Junto a ella iba Fabiola, vestida con ropas blancas y con su cabeza rapada, le sonreía cada cierta distancia mientras la guiaba, junto a otros hombres y mujeres desconocidas, a su destino al fondo del último pasillo. Los otros, igual que Miriam, vestían una túnica gris, iban sin rapar y también llevaban en su rostro muchas preguntas sin ser respondidas.

No había niños. Y eso a Miriam no pareció extrañarle, ella sólo deseaba ver a sus hijos a quienes no veía desde hace días. Desde que había llegado.

—No tienes por qué estar preocupada, Miriam —le dijo con tranquilidad Fabiola—. Verás a los tuyos al momento que nuestros guías determinen, cuando descendamos donde el *Cepress*.

Ella le había leído sus pensamientos, pensó Miriam con algo de temor.

—¿Dónde están ahora mis hijos ahora? —preguntó angustiada la mujer, que aún tenía algunas agujas insertas en sus brazos.

Miriam todavía recordaba los días en el Hábitat, a pesar de la droga que entró por sus venas durante días. No sabía que muy pronto todo ello se desvanecería como el humo en el cielo, y nada podría hacer.

—Se encuentran en el otro gran barco, junto a los guías y guardianes —contestó Fabiola. Luego, Miriam pareció perderse en sí misma para luego abrir los ojos como recordando una enorme verdad.

—¡Ellos son mis hijos y los de Juan Ripán! —respondió Miriam, deteniéndose de golpe—. Ahora recuerdo todo. Esto no está bien, fuimos raptados. Él vendrá por mí, ya lo verán.

Varios hombres de cabellera clara y de piel blanca rojiza, que vestían con atuendos blancos, rieron al escuchar el grito de la mujer, para luego ir hacia ella ya sin ninguna sonrisa en sus rostros.

Fabiola paró en seco. No rió, pues sabían lo que esperaba a Miriam por todavía recordar y gritar a viva voz. A ella le había pasado algo muy similar tiempo atrás, ¿años? No lo sabía con certeza. Lo que sí recordaba era el dolor, el puro dolor por el solo hecho de recordar, y no era el dolor producido por el líquido que entraba en su cuerpo, si no lo que éste hacía con su mente y sus memorias. El dolor que paralizaba por tener memoria, el que no la dejaba mirar hacia atrás y pensar en su esposo y en su hijo... ¿Juan Ripán?

Nuevamente Fabiola, después de mucho tiempo, sintió aquel hierro candente en su nuca, cuello y espalda. Pero esta vez no se desmayó, pues ya había aprendido como aminorar algo ese infernal dolor. Gritó.

4.

Montero iba junto a Berta un par de metros tras Juan y Tulio, resguardados por tres hombres, que por órdenes de el ahora líder, los vigilaban. Al joven Tulio, Juan lo había nombrado como segundo a cargo.

Atrás había quedado la gran cueva y los cuerpos enterrados de los que no pudieron sobrevivir al ataque de los droms.

Ver el trabajo de las bacterias en los cuerpos humanos no había sido nada de agradable, ya que aún faltaba tiempo para que tuviesen toda la inmunidad a causa de las galletas con la sangre del joven líder.

Juan se detuvo en seco antes de entrar a un angosto sendero, que nacía entre dos grandes bloques de piedra caliza, al sentir una energía muy fuerte en todo su cuerpo. Algo hay aquí, pensó.

—Quiero que me escuchen —dijo—, en este lugar hay fuerzas muy grandes. Es posible que sus mentes sean abordadas repentinamente por el *Cepress* y crean perder la razón. Si es así —prosiguió—, tanto Montero como la machi, deberán ayudar con lo que más puedan, si es que se creen capaces.

—Creo que eso será un poco difícil Ju... *Kuan* —respondió la mujer, algo dubitativa—, ya que vamos muy custodiados aquí atrás.

—Gracias por llamarme así, Berta —dijo—. No te preocupes, ellos saben que tienen que dejarlos actuar si los necesitamos.

Luego Juan entró solo al sendero.

En aquel camino se respiraba algo lejano y remoto. Estaba repleto de pequeñas piedras, restos de conchas y de moluscos, los que también sobresalían de entre las capas de las murallas. El sendero parecía no tener fin. Juan avanzó por entre las sombras de aquella mañana con un pensamiento: debían encontrar refugio antes del mediodía, pues avanzar de día les proporcionaba mayor seguridad en caso de ataques y más rapidez, además el kalku los había abandonado, y no habían visto u oído señales de él ya por casi dos horas.

De pronto, uno de los hombres que iba en la retaguardia, tras Montero y Berta, cayó repentinamente al piso y comenzó a hablar de manera alta y errática:

—¡Ustedes no van a ser más que... la brisa olvidada de un mundo inexistente... y por ello deben seguir el camino recto hacia los grandes cuernos en donde está encallado mi gran palacio! ¡Juntos venceremos a los extranjeros y... sólo con la unión de nuestras sangres detendremos el avance externo!

Luego el hombre quedó inmóvil con la mirada perdida.

La machi y Montero fueron hacia él, mientras Juan observaba la escena sin mostrar expresión alguna ni menos sorpresa.

—Está como muerto, *Kuan* —señaló Montero, como esperando alguna reacción del joven, el que sólo detuvo de un brazo a Tulio quien corría para ayudar al desfallecido guerrero.

—No vas a cambiar nada con correr, Tulio —dijo Juan—. Sabíamos que esto iba a suceder. Ve con calma. Ha muerto y con tu padre deben enterrarlo bajo varias piedras.

—¿Cómo sabes que está muerto, *Kuan*? —preguntó Berta—. Quizás es sólo una treta del *Cepress*.

—Está muerto —contestó secamente Juan—. Lo sé porque estoy hace bastante tiempo en vínculo con él y sé lo que puede suceder y sus consecuencias.

—Si sabes lo que va a pasar, ¿por qué no nos previenes? —preguntó la mujer, mientras los demás integrantes del grupo tomaban cierta distancia temiendo una ardua discusión.

Juan los miró a todos, a los dieciséis hombres y mujeres que iban junto a él, a la machi y al viejo Montero.

—Creo —dijo hablándole a la machi —que todos ellos deben saber lo sucedido con sus amigos y familiares. Deben conocer toda la verdad. ¿Oyeron? Que no sólo se los llevaban como alimento para la corte del *Cepress*, ¿tu hermano, no es así? Necesitan saber que muchos de ellos son usados como materia prima para las máquinas de los moradores del cielo... ¡Dilo, cuenta la verdad a la cual nos enfrentamos!

Todos observaron a Juan atemorizados, mientras Montero y la machi se miraban entre ellos, confusos.

—Has cambiado —dijo la mujer.

—Claro que he cambiado —respondió el joven—. Cuando estuve inconsciente en la cueva me contacté con el *Cepress*, y al estar dentro de sus pensamientos, también él estuvo en los míos —se quedó instante pensativo y bajó la mirada—. Cosas, ideas, sucesos llenaron mi cabeza como un gran saco. La historia de las plagas y la guerra me fue revelada con detalle. Y también la gran guerra tras todas las guerras de los hombres.

La mujer tomó la mano de Montero con decisión y se dirigió al tronco petrificado donde se había ubicado Juan.

—Él —dijo apuntando a Juan —me ha retado a que cuente el porqué vamos en esta cruzada. Y eso es lo que haremos.

Todos observaron atentamente a la machi y a Montero. Tulio buscó un lugar al lado de Juan.

La machi calló, dejando al forastero con toda la audiencia atenta.

—Así es —dijo Montero—, estamos a merced de dos grandes poderes que todavía no se han hecho presentes, pero vendrán muy luego y el *Cepress*, quien nos ha usado por siglos, no desea ser gobernado por ellos, aunque tampoco le importamos mayormente. Es así que junto a... —espero un momento —a *Kuan*, trataremos de revertir la situación y descontaminar la tierra del germen que nos tortura y esclaviza —tomó a la machi del brazo—. Sí, ella es su hermana. Hermana que logró escapar de sus caprichos y locuras. Y yo soy...

Berta se interpuso entre ellos y los demás.

—Él que no quiso ser *Cepress* —dijo—. Él fue el que iba a gobernar en nombre de los dioses tras las nubes, los llamados Estabilizadores, nuestra tierra y Hábitat. Él tuvo la fuerza y valentía para no aceptar —esperó un momento—, aunque durante años no supe cuáles eran sus verdaderas intenciones. En este momento sé que son las más nobles y reales que podemos necesitar.

—No dudes de nosotros, *Kuan* —dijo Montero tomando nuevamente la palabra—. Es verdad que no quise ser un títere de ellos, que no quise perder el control y volverme loco como aquel hombre que está en la cumbre. Pero ese hombre, en algún momento fue alguien que no era un demente y asesino. Al igual que yo y los demás postulantes, fue elegido por su capacidad y su fácil adaptación a los artefactos que los dioses instalaron en nuestras cabezas.

Hubo una corta pausa.

—Él me ayudó a huir y a sacarme ese dispositivo —prosiguió Montero—, me dio las drogas para alargar la vida y una razón para vivir.

—¿Podrías explicarles esa razón? —le preguntó Berta.

—Desea vengar a su amigo, ésa es su motivación más importante, ¿o no? —interrumpió Juan—. Y esa es la razón porque él también jugueteó con mi mente al igual que el *Cepress*, tu hermano, o sea mi tío, todo para buscar información, cosas. ¿Puedes respondernos a eso?

—No es supuestamente mi hermano, lo es de verdad —le respondió la mujer sin tapujos—, como también debes conocer la verdad sobre mi edad y la descendencia que viene de nosotros hacia tus padres y a ti. También lo que sucede con los dispositivos.

El silencio duro unos eternos segundos.

—Lo siento, amigo mío —continuó Berta, esta vez hablándole a Montero—, pero los dispositivos no se pueden extraer, el *Cepress* sólo lo anuló de manera parcial. Y al igual que el que se encuentra en mi cabeza, posiblemente son vistos tanto por nuestro antiguo aliado, como por los dioses tras las nubes.

—Tiene mucho más que ochenta años, ¿no es así, señora Berta?—. La pregunta surgió desde una de las mujeres con que había trabajado la machi en el Hábitat, *Saqui*.

—Mucho más que eso —respondió Juan adelantándose a Berta—, pero lo que nos interesa a todos es poder llegar al palacio allá en lo alto —miró tanto a la machi como al viejo—. Ustedes dos deberán ir aparte de nuestro grupo, ya que el *Cepress* y los otros nos van a ubicar con facilidad gracias a lo que traen en la cabeza.

Montero dio media vuelta y, raudamente junto a Berta y a los dos Trolos, volvió por el camino por el cual habían llegado.

—¡Deténganse! —ordenó Juan—. Tenemos que crear un plan, ahora.

El plan que Juan y los demás elaboraron fue muy simple; Berta y Montero debían rodear la montaña mientras el grupo de Juan avanzaría de forma recta hacia el centro, para luego subir. A ambos les facilitó que llevasen lo que quisieran.

Antes de restablecer la marcha aseguró, con claro liderazgo, que se verían nuevamente el castillo del *Cepress*.

Un ambiente de inseguridad quedó entre los que acompañaron a Juan al sentir que la machi y su magia se habían ido.

—No deben preocuparse —dijo Juan a su gente—. Falta poco y en una hora más tendremos que refugiarnos para continuar luego del cenit. En todo caso, todos mantengan sus armas listas para cualquier desagradable sorpresa.

—¡Así lo haremos! —respondieron todos.

El joven Tulio corrió desde el fondo del grupo y se situó al lado de Juan y desde ahí habló con fuerza y entusiasmo:

—Ya oyeron a su Toki —dijo—, todos muy alerta.

Nadie dijo nada más y avanzaron con decisión tras los pasos de Juan.

5.

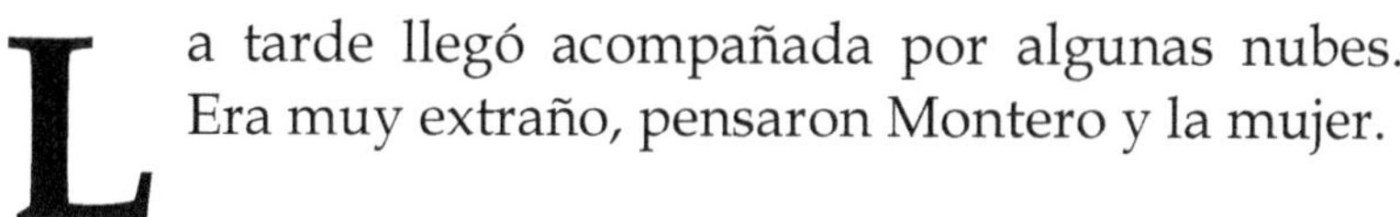

La tarde llegó acompañada por algunas nubes. Era muy extraño, pensaron Montero y la mujer.

—Tan sólo en los primeros meses del año y por las noches hay algunas pocas nubes, pero a estas alturas ya no deberían haber —dijo Montero.

—No tanto, si piensas que pueden ser ellos los que están haciéndolo —respondió la mujer—. Es más, también esconden la luna que recién se estaba comenzando a ver, como proclamando una nueva era para nuestro mundo.

—Para establecer la nueva raza, Berta. Para estabilizar su nuevo dominio.

—¡Alto! —La machi tomó sin previo aviso a Montero por un brazo—. Cuidado con lo que vas a pisar.

Montero, extrañado miró el sendero por el cual iban.

—¿Qué sucede? No veo nada más que piedras y tierra.

—Observa ésa, la de color rojo.

—¿Qué tiene de particular? —preguntó extrañado el hombre al observar en cuclillas una piedra irregular con varios contornos redondeados.

—Es excremento de *Piwuchén*, Montero. No creo que estén muy lejos.

La mujer arrojó una pequeña piedra sobre el supuesto excremento.

La piedra lo traspasó.

—Mierda de verdad —dijo Montero—. Ahora sí que estamos en problemas, quizás cuántos de esos chupasangre voladores nos van a atacar ahora.

Los dos pequeños Trolos se arrimaron a las piernas del hombre.

—Ese excremento no es de uno que vuele, amigo mío —respondió la machi—, éstos son diferentes.

Varios gritos estruendosos se oyeron detrás de ellos, tras unos montículos de tierra hechos por insectos y algunos árboles petrificados y a sus costados. Montero tomó con suavidad a la mujer y la situó a su lado, apoyándose ambos en una roca grande, mientras los dos Trolos comenzaron a gritar espantosamente y sus pequeños ojos se llenaban de terror.

—Saben lo que les espera —comentó la mujer, mientras tomaba con ambas manos dos afilados cuchillos y Montero preparaba su *chunfülwe*.

Dos *Piwuchén* aparecieron por el costado derecho de los dos viejos. Se arrastraban por el suelo, como grandes y gordas serpientes grises, de mandíbulas largas y de afilados dientes. Sus gritos se mezclaban con los de los Trolos que trataban inútilmente de trepar o traspasar la roca en la cual Montero y la machi se refugiaban.

—Señor *Kuan*, ¿qué le sucede? —preguntó Tulio, al observar que el ahora líder de toda aquella rebelión mostraba una clara confusión en su actuar.

La voz del joven Tulio, compañero incondicional, junto a los otros miembros del Hábitat, hicieron que Juan al fin escapara de sus pensamientos más profundos. El guerrero abrió los ojos... había dejado abandonados a su suerte a sus compañeros, pensó. ¿Cómo fue tan descuidado y estúpido? ¿Tan seguro estaba que su padre los vigilaba, desde las alturas, para socorrerlos en caso de un ataque? ¿Y si no era así?

Buscó rápidamente algún refugio donde todos pudiesen comer algunas de las galletas que quedaban y se guarecieran junto a las tortugas del desierto.

No a muchos metros de la subida hacia las dos inmensas torres de piedra, había una cueva. Pidió a dos de los mayores que lo acompañaran para examinarla. Luego de ponerse de acuerdo, en que nada peligroso había en ese lugar, pidió a los hombres juntar piedras y hacer un montículo para prender un fogón sobre éste, para así no quedar a ciegas por la noche.

Tomó la vara que le había dado Galvar y fue hacia donde suponía podían encontrarse los viejos. Corrió con gran rapidez, no sin antes dejar instrucciones para defenderse a los hombres que quedaban. Volvería luego, dijo.

Corrió aún más veloz, mientras sentía cómo todo lo que tocaba con sus pies era, tal vez, una parte de él mismo y el aire que respiraba lo cruzaba por completo; corrió de una manera inimaginable, parecía volar pero sólo era él y sus pies sobre aquel vivo sendero que le entregaba energía y visión. Nada parecía interponerse entre él y su destino, podía ver más allá de lo que cualquier ser humano como él podría hacerlo. Era capaz de sentir cómo el *Cepress* trataba de entrar en él, pero cualquier esfuerzo que el soberano intentara era inútil, Juan lo sabía. Sintió un grito desgarrador tras unos montes, y tuvo la certeza de que la machi y el *Kuifi* estaban en graves problemas. Fue aún más rápido y corrió con mayor determinación.

Uno de los engendros atacó. Su salto fue rápido y sin titubeos, se dirigió hacia Montero, el cual lo esperaba con una flecha lista para lanzar.

No fue suficiente, la flecha sólo hirió al drom de forma superficial, el que propinó un gran mordisco en el hombro izquierdo del viejo, arrancándole de cuajo parte del hueso y el músculo. La mujer, desesperada, clavo su cuchillo en uno de los ojos del engendro, haciéndolo retroceder. El otro *Piwuchén* se dedicó a destrozar rápida y metódicamente a los dos pequeños Trolos que inútilmente trataron de huir. Montero yacía en el suelo mal herido y propinando insultos contra los dos engendros.

La criatura herida fijó su ojo sano en la mujer y abrió su mandíbula para atacar otra vez.

Juan, se detuvo un momento para observar a la machi y al herido Montero, que yacían junto a los pequeños Trolos despedazados por el terrible ataque de los *Wentru-kenos*. Los dos estuvieron a merced de aquellas criaturas. Pronto, el último de los engendros iría por ellos.

El tiempo pareció detenerse quedando todo estático.

¿Qué hizo?, pensó. Había dejado a sus verdaderos guías a merced de aquellas máquinas de carne que mataban sin ni siquiera saber por qué. Entonces, si aquellas criaturas sin razón atacaban y devoraban a esos indefensos humanos, era, de alguna manera, como devorar la propia esencia de ellos, como los sirvientes del *Cepress*, que devoraban a los cautivos para no morir víctimas del veneno ponzoñoso que azotaba a los hombres hacía muchos siglos. El mundo se consumía a sí mismo, y él no podía permitirlo más. Estaba ahora todo claro. Eso era lo que en verdad deseaba el *Cepress*: Que todo fuera devorado para sólo quedar él como único salvador de los pocos engendros y esclavos que quedasen. También el *Cepress* quería dejarlo a él para convencerlo de su plan, el que Juan había entrevisto en su mente, en aquel vívido sueño.

Sintió ira. El tiempo de nuevo comenzó a transcurrir con normalidad y él, en ese instante lo supo, estaba por sobre el tiempo.

El drom dio un gran salto hacia Berta y de pronto la mujer se vio cubierta de sangre y vísceras, luego de un sonido eléctrico y de un zumbido bajo.

Juan se abalanzó contra el drom que iba hacia a la mujer y, con la *Vara de Muerte* dada por Galvar, lo reventó con toda la furia que podía expulsar de su ser. Lo vio estallar en millones de pequeños trozos, los cuales se depositaron sobre su cuerpo, el de su tía y Montero. Quedó paralizado por el poder de aquella vara.

En frente de toda la carnicería y los gritos de su compañero, Berta vio a una figura oscura que los miraba con preocupación.

—Gracias a Dios, Galvar. Nos has salvado —dijo la machi, antes de limpiar su rostro lleno de lágrimas y sangre, para descubrir que su verdadero salvador no era precisamente el que ella suponía.

Pudo sonreír pese a la masacre, ensordecida por los gritos de Montero y el ruido que comenzaba a inundar todo, cada vez con mayor potencia, desde las nubes. Sí, pensó la mujer, Juan realmente era el guerrero elegido y ese día por fin comenzaba la esperada liberación del mundo.

6.

NO.

No era posible que el joven hubiese sido tan rápido y tan fuerte.

Ismael, el *Wenguenam*, golpeó con ira la mesa de mármol en la cual estaban dispuestas las piezas de su batalla. Su nacimiento como ser omnipresente e inmortal por sobre las criaturas de la tierra y los intrusos estaba *ad portas*.

Sabía que Juan, al cual llamaría *Toki Konnalef*, podría ser su aliado más fuerte contra los que pretendían gobernar sus legítimos dominios. Los otros no importaban y lo mejor era que se muriesen, aunque no había pensado así en un comienzo.

Llamó a dos de los asistentes a su servicio, los cuales casi siempre bebían sangre fresca de sus víctimas y también las devoraban, vestían trajes de telas sintéticas y altas botas negras. Tras ellos iba encadenado un hombre traído de la emboscada. Los dos sirvientes del *Cepress* no habían probado bocado en más de treinta horas y su apetito era enorme.

—¡Coman! —ordenó Ismael.

Los dos asistentes comenzaron a despedazar vivo al pobre sujeto, mientras que por los rincones de la corte surgieron aún más hombres y mujeres que se abalanzaron sobre el desdichado que gritaba de dolor y de horror al saberse devorado y sin escape.

El *Cepress* tomó un pedazo del cuerpo del ya desmembrado individuo, entregado por uno de sus sirvientes, y comenzó a devorarlo tan ansioso como los demás.

Aquí en mis dominios nada se pudrirá, pensó, pero el placer de sentir la carne fresca en la boca es más de lo que puedo resistir. Pronto esto también les sucederá a los traidores del Norte y a todos los que se me interpongan.

Algunos sirvientes aún lamían el piso de la sala aprovechando la poca carne que quedaba del cráneo y de los demás huesos sobrantes del cadáver.

* * *

—No soy Galvar —respondió Juan—. Soy yo, Juan o *Kuan*, o como desees llamarme de ahora en adelante.

Fue hacia ellos, hacia el hombre que le había mostrado el sendero por el cual ir, hacia una verdad ineludible: *"La respuesta sólo la encuentras en la lejanía y en manos de un hombre desconocido y de tiempo remoto"*.

—Juan —dijo el viejo casi con un hilo de voz—, me estoy desangrando, necesito que me lleves a un lugar donde Berta me pueda curar. Si no, moriré.

El hombre apenas podía mantenerse despierto.

—*Kuan* —dijo con voz temblorosa la mujer—, tú eres la única esperanza que le queda al mundo. Te he visto, sé de lo que eres capaz. Puedes luchar contra la ambición del *Cepress* y de la maldad que viene del cielo.

Lo miró a los ojos mientras le ayudaba a sostener al ya desmayado Montero. —Haz lo tuyo, llévanos al viejo y a mí. Toma la venganza del mundo contra los invasores. La gran matriz te acompañará, al igual que el hombre que ahora vuela sobre nosotros.

Al levantar la vista, Juan divisó al kalku que volaba hacia ellos, gritando por sobre el ruido de aquellas nubes. Un grito de lucha y dolor.

—¡Llévalos contigo, Padre! —gritó Juan—. Montero está muy herido y deben curarlo lo más pronto posible. De nada sirven los rencores entre nosotros y sólo cabe mirar hacia delante, e ir al castillo del *Cepress*.

Y *Kuan,* el último Toki corrió hacía las dos grandes cumbres. Mientras corría su metamorfosis fue vista por machi y su padre. En pocos segundos se perdió de vista convertido en un gran puma.

—El día llegó. Es momento en que la *Primera Matriz,* o a lo que tú llamas Pachamama, despierte por completo —dijo Galvar al llegar donde la machi y Montero.

—Así es —contestó la mujer, con el malherido hombre en sus brazos.

Miró el cielo, hacia donde las oscuras nubes avanzaban, con un zumbido bajo y penetrante, llenas de maldad y usurpación.

7.

La temperatura era agradable, también el alimento que les entregaron. Ambas mujeres ya no se miraron con desconfianza. Miriam y Fabiola habían hablado, no con muchas palabras, pero sí con las suficientes para que Fabiola recordara sin sentir dolor: imágenes fugaces y aromas, el suave viento del acantilado que daba al *gran lodazal*. Sintió el vínculo que la unía a un gran hombre; un hombre que había jurado salvarla mientras era llevada a los cielos monstruosos. Ese era el lazo que la mantenía amarrada a ese mundo de colores que se perdía en el horizonte oscuro. Por fin lo había recordado con claridad. ¿Cuántas veces no había salido de su constante letargo y olvido ante una ventana, mientras observaba el lugar en donde sabía que habitaba algo que era parte de ella?

En ese momento supo quién era la mujer nueva, cuyo nombre era Miriam; esa mujer era la compañera y esposa de su olvidado hijo Juan. De su retoño perdido en ese mundo marrón. ¿Cuánto tiempo había dejado de pensar en él y en la fatídica tarde de juegos cerca de la quebrada norte? ¿Sus gritos desesperados? ¿La horrible visión de ver a su esposo tratando de saltar inútilmente para llegar a ella? Hasta que un día cualquiera todos esos recuerdos se borraron, como si una gran mano hubiese barrido con su vida en la tierra de los hombres. Pero algo aún más poderoso emanaba de su añorado hogar en ese instante.

Una palabra se encendía en su mente, no sabía bien su significado, pero la compañera de su hijo sí: *Pachamama.*

Ella iba donde su esposo e hijo. Los hijos iban donde su madre, para abrazarla en un abrazo eterno y más allá de lo que cualquier fuerza ajena deseara. Estaba segura de ello.

La esposa de su hijo le sonreía y ella le tomó una mano. No importaba que llegara el dolor ni los castigos, tendrá la fuerza para soportarlo. El llamado era más poderoso.

IV

La Corte del *Cepress*

1.

Berta se encontraba junto al *Kuifi,* tratando de detener la rebelde hemorragia y aplicándole ungüentos para combatir la infección. El hombre había perdido su brazo derecho y era muy posible que muriera.

Juan, había partido en solitario al encuentro del *Cepress.* La nave de los Estabilizadores se encontraba flotando sobre las colinas a unos cincuenta kilómetros del castillo. ¿Cuál era la razón de aquella detención? Se preguntaron tanto Berta como Galvar.

Corría un viento endemoniado y los demás miembros del grupo temblaban al oír los truenos y relámpagos que se producían por la cercanía de tan inmensa máquina voladora a la superficie.

—Algo esperan —dijo el kalku—, debieron alcanzar el castillo hace por lo menos un par de horas atrás.

—Quizás deseen aguardar "su" momento —contestó la machi—. ¿Qué más les importa esperar? Ya lo han hecho por miles de años.

—O tal vez están sincronizándose... con las demás misiones o máquinas... en los otros castillos donde los otros *Cepress* —respondió Montero, como exhalando su última fuerza.

—¿Has estado con nosotros todo este rato, no es así, viejo pillo? —preguntó Galvar.

El *Kuifi,* asintió con los ojos muy abiertos y sonriendo. No los volvió a cerrar.

—Se ha ido —dijo la machi, mientras comenzaba a entonar una melodía ritual y golpeaba suavemente su *Kultrún.*

—Se ha marchado y era el único que conocía los posibles secretos del *Cepress* y los Estabilizadores —respondió Galvar con una voz sombría, debido a la desgraciada situación en que se encontraban.

Los sobrevivientes acompañaron a la machi en su canto ritual, mientras el kalku comenzaba a cavar la tumba para el viejo Montero, pues pronto se comenzaría a notar la acción de las bacterias en el cuerpo del hombre, eso gracias a la sangre de su hijo, ya que si no hubiese sido por ella, en ese instante el cuerpo del viejo estaría plagado de ponzoña.

Galvar deseaba terminar lo antes posible para subir al castillo del *Wenguenam* y ayudar a su hijo. Miró a la mujer que cantaba, al son del monótono ritmo de su tambor, las palabras de despedida y de recibimiento. Ella, asintió decididamente como leyendo la mente del brujo y bailó alrededor del cuerpo como no lo hacía hace muchísimo tiempo; cuando fue llamada por primera vez con el título de machi y tuvo que dar el rito de despedida a tres jóvenes que habían sido atacados por lagartos de las cuevas costeras. Sí, bailó con entrega, mientras Galvar depositaba el cuerpo en la tumba, lo tapaba con la tierra de la cual iba a ser parte y todos lo despedían.

En lo alto, el rugir de la enorme máquina voladora comenzaba a crecer en intensidad. Se estaba moviendo.

2.

Juan subió el empinado sendero, no sin cierta dificultad y sin apuro innecesario, ya que no deseaba gastar ni un ápice de fuerza hasta encontrarse frente al *Cepress*.

Al pasar por sobre una gran roca circular, encontró un nuevo sendero por entre los peñascos y murallas de piedra; era amplio, como para que transitaran tres o más hombres cómodamente. Algunos metros más adelante, a un costado, había tres rocas de forma humana.

– Veo que, al fin, el que tenía que venir ha llegado.

La voz hizo que Juan apuntara con la *Vara de Muerte* en dirección a la voz. Venía desde una de las rocas.

—¿Quién habla? —preguntó, Juan, un tanto alterado, tomando de inmediato una postura defensiva.

—Nosotros —respondió la misma voz, clara y concreta.

Juan no daba crédito a lo que sus ojos veían, a pesar de todo lo acontecido en los últimos días. La voz provenía de una de las rocas con forma humana.

Las tres rocas tomaron aún más apariencia de personas.

Juan no quiso precipitarse. Hizo otras dos preguntas antes de actuar:

—¿Quiénes son? ¿Son acaso otra abominación del *Wenguenam*?

—¿Lo dices por aquél que cree gobernar? —respondió la más pequeña de las figuras, situada al extremo derecho de las tres.

Todo era irreal. El mismo aire se sentía distinto, aunque al mirar hacia el cielo todavía estaban las ruidosas nubes en su lento acercamiento hacía el castillo.

—Sí, lo digo por aquel a quien he venido a vencer —contestó Juan, mientras miraba las raras piedras grises que se movían fácilmente por arriba de la cintura, a sus bocas que sonreían con dientes blancos y brillantes como una gema.

El joven estaba más que sorprendido.

—No creo, perdón, creemos —habló la figura del medio—, que aquel traidor tenga el suficiente poder para dar vida sin ser asistido por mentes más inteligentes. Menos, el vínculo necesario para darle forma a cualquier materia o elemento de la Matriz.

Tomó la palabra la piedra más alta.

—¿Ya no recuerdas mi rostro, joven guerrero? ¿O es que estás tan temeroso que ni siquiera nos reconoces?

—¿Montero? —preguntó Juan—. Pero tú estás abajo con Berta y los otros.

El hombre de piedra sólo le dio una leve sonrisa.

—No es así, joven guerrero. Mi cuerpo, en la tierra de los hombres, ha muerto. Pero que haya dejado de existir hace muy pocos momentos para ti, en la Matriz del mundo no ha transcurrido el mismo lapso de tiempo. Sólo piensa en tus sueños, cuando en unos pocos instantes, dentro de ellos, parece que han transcurrido horas o quizás días.

El hombre de piedra miró hacia el cielo y luego a Juan, quien ya sabía lo que era estar sobre el tiempo de los hombres.

—He aguardado mucho tiempo en la Matriz, joven amigo —continuó—. He aguardado este momento en el cual subirías con tu fuerza y coraje, cuando no serías ya más el niño inquieto del cual tengo recuerdos incrustados como diamantes en el fondo de la Matriz que alberga al mundo. Aquel niño que corría vigoroso junto a sus padres, por devastadas, pero aún así hermosas, colinas y quebradas.

—¿Hay algo que deba saber, *Kuifi*? —preguntó Juan.

—Sí —respondió la figura del medio—. Pero no le llames a él más por los nombres de la tierra. Él se llama ahora *Nu-Alwe* y yo soy *Tromü*, y el que te habló primero es *Willi*.

Juan asintió, serio.

—Yo soy...

—¡Tú ya no eres aquél! —contestó imperativamente *Tromü*, interrumpiendo a Juan—. Tu nombre definitivo te lo dará el hombre del castillo. Y debes tomarlo.

Willi habló:

—¿Estás seguro de lo que vas a hacer?

—Por supuesto que sí —respondió Juan—, ¿por qué no habría de estarlo?

—Por que debes ser capaz de ir al sacrificio, Joven Toki —tomó la palabra *Nu-Alwe*—. De ir donde has sido llamado desde muy temprana edad, desde los cuidados de tus padres y la machi. De recibir el precio que has de pagar tú y muchos de los tuyos, de tu entrega completa a la *Pachamama*.

Juan observó en silencio a las tres figuras que estaban frente a él, inmutables. Cerró los ojos y fue hacia el más profundo rincón de su ser y ahí se vio. Se encontraba junto a su desaparecida madre y a un hombre común, tan humano como cualquiera: a su padre. Sintió aquellas suaves caricias de su madre, el dulce sabor de la leche que emanaba de aquellos firmes pechos, el amor desinteresado y cálido de su esposa Miriam, su aliento profundo de cuando hacían el amor, de cuando los dos eran niños y jugaban en los invernaderos bajo los manzanos. Las enseñanzas de tía Berta, tan antigua como el odiado *Cepress*, el cual también tenía miedo y estaba hecho de la misma materia que él y los demás hombres del mundo. Todos los hombres venían de un mismo sitio, eran todos un gran uno. Había por fin caído en el hecho de que su parentesco con aquel tirano no era sólo por azar. El *Cepress* tuvo la oportunidad de vencer su codicia y aprender como Juan había aprendido. Para hacer lo que se estaba destinado a realizar como única y última esperanza del mundo. Pero aquel hombre no pudo, Ismael hubiera sido el gran Toki al mando de las tropas de la madre tierra, pero nunca fue capaz de verlo. Juan, por el contrario, se sabía entregado a la misión sagrada que se le había encomendado. Lo malo era que no sabía bien a qué poder se estaba por enfrentar.

—Por supuesto que sí —respondió Juan—, estoy dispuesto a ir donde sea. No hay otro camino posible.

—Bien —respondieron las tres figuras al unísono.

Luego, las tres figuras de piedra inclinaron sus cabezas y, poco a poco, comenzaron a recobrar su dureza. Nuevamente fueron sólo piedra, dura e inamovible.

3.

El guardián de las llaves del gran castillo se encontraba rodeado de llamas azules, frente a la puerta, adornada con piedras preciosas y oro. Era un drom de forma humana, con grandes ojos y un cuerpo igual al de dos hombres de alto, y para Juan, aquello ya no era para preocuparse.

—Vengo a ver al *Cepress* —dijo el joven guerrero, con una voz fuerte y con la *Vara de Muerte* en su mano izquierda.

—¿Vienes descalzo? —preguntó el drom con una voz suave y a su vez solemne, mientras las llamas se elevaron evaporándose junto a una melodía suave y a los sutiles vientos de una pequeña flauta, que tocó el guardián mientras esperaba la respuesta de Juan.

—¿Tiene algo de malo eso? —respondió Juan con otra pregunta.

—El *Cepress* en su corte sólo recibe las visitas de los otros *Cepress,* y tú sólo llevas una extraña y vieja malla sobre tu cuerpo. Además vistes unos pantalones rotos y gastados. ¿Eres acaso un traidor que viene a entregarse a la ley del gran soberano?

Juan apuntó con la *Vara de Muerte* al drom.

—Dile que Juan ha llegado, aunque supongo que él ya lo sabe —dijo. El ser artificial comenzó a temblar por completo.

La flauta púrpura del guardián toco su melodía y la puerta se abrió frente Juan. Ante él, se presentaba el palacio carmesí del *Cepress.* El rey que decía no ser rey.

Varios pequeños droms, con rostros de distintos colores bailaban y hacían malabares con varios objetos brillantes a su alrededor, mientras el joven guerrero avanzaba en su camino.

Una voz familiar pareció brotar de la nada y entró en su mente con una suavidad inusitada.

"Son los bufones de mi corte, Toki Konnalef. Ellos sólo desean divertir al que he aguardado por siglos. Ven, joven guerrero, por ti están todos esperando. Dos de los míos irán para guiarte hasta mí presencia...".

Así que ese es el nombre que me ha dado el *Cepress,* pensó Juan. Bien por él y por lo que vaya a suceder.

4.

Midletton y los demás Guardianes bajaron por el tubo de luz hasta la presencia de los Estabilizadores, quienes aguardaban.

—¿Qué sucede? —preguntó el hombre—. Llevamos más de medio día solar sin entrar al puesto de mando intermedio.

Ninguno de los grises seres respondió.

—Sólo necesitamos deshacernos del idiota ése, el tipo del castillo, para que ustedes establezcan lo acordado en el Manifiesto. No tienen de que preocuparse.

Midletton sintió una punzada en la parte de atrás de la cabeza, acompañado con un suave:

«SÍ LO SABEMOS, TEN CALMA. VE, HACE LO TUYO».

La respuesta estaba clara.

Los pequeños seres de grandes ojos, lo observaron sin emitir ningún tipo de señal psíquica. Para ellos, todo era claro y simple, se tomaban todo el tiempo del mundo y más aún, casi la eternidad.

Midletton ordenó a los demás del grupo que se contactaran con los que estaban en las otras doce naves nodrizas. Con seguridad los grises ya habían pensado en el desembarco y sólo había que esperar por la señal, además deseaba saber de sus hombres, ya que algo comenzaba a incomodarlo. Por sobre todo aquella mirada altanera de las mujeres indígenas y sus conversaciones en voz baja.

El hombre del norte había vivido casi toda su existencia en los enjambres de los Estabilizadores, casi no recordaba su infancia en las llanuras de Wisconsin, entre los pocos refugiados del azote de la *"black plague"* como se le llamó a la acción de las bacterias en ese lugar de América del Norte. A los nueve años fue abducido, junto a su hermano mayor y su madre y algunos descendientes de los nativos de aquellas latitudes, una noche en la que ayudaba a su madre a llenar recipientes con agua. Ella y su hermano desaparecieron al cabo de unas semanas al resistirse a las agujas y a la limpieza interna. Él nunca se resistió, todo lo contrario, siempre quiso acercarse a los monstruos grises, como llamaban a los Estabilizadores todos los humanos ahí presentes. Quería saber el porqué, quería conocer, al final podría ayudar, hasta que un día fue presentado a unos hombres de su misma raza, los cuales tenían cientos de años y habían sido aliados de los Estabilizadores hacía mucho tiempo. Fue educado, preparado y acondicionado para la fase 2, en donde se recolectaban especímenes humanos los cuales serían estabilizados y preparados para los *Cepress* a cargo de los diferentes hábitats en el mundo. Luego fue educado para la esperada fase 3, en la cual el planeta pasaría a formar un organismo único con los Estabilizadores y los humanos re acondicionados. Él sería uno de ellos, pero de los elegidos por voluntad propia, por ende, sobre los otros de su especie.

Ese día en particular era el momento esperado por él hacía más de doscientos años. Todo marchaba de acuerdo a lo planeado para ello. Nada podía fallar.

5.

Juan sabía que en poco tiempo más llegarían los otros, y se encontrarían con aquel guardián y los bufones. Le preocupaba de sobremanera la machi, algo le decía que algo le podría suceder.

Subió las escalas, acompañado con dos sirvientes del *Cepress*. La gran sala de la corte del soberano era la construcción habitable más inmensa que había visto Juan en toda su vida. Si bien, el castillo era enorme, estaba empotrado entre dos colosales cumbres lo que hacía perder las proporciones de su tamaño. Todo era de un tono rojizo y podía sentirse el calor que emanaba de sus paredes y el piso. Al fondo de la sala, sentado sobre un gran trono cristalino que semejaba un esqueleto de un gran animal antiguo, estaba el tan nombrado *Cepress*.

—Bienvenido, mi esperado Toki Konnalef —dijo el *Cepress*, como si nada.

—No sé si sea una bienvenida, Ismael. ¿O me equivoco de nombre?

—Veo que has adquirido los dones que te fueron entregados por herencia, joven guerrero —respondió el *Cepress*, mientras los droms, sirvientes y Chamanes de la corte sonreían por la respuesta de su amo y señor.

—Vengo a matarte —dijo Juan sin titubeos—. ¿Por qué me llamas Toki Konnalef?

La corte, de aproximadamente cincuenta "seres", calló de forma repentina. Nadie, pero nadie, retaba al *Cepress* de esa manera.

—Por lo rápido supongo —respondió el soberano, muy relajado para quitarle tensión al momento—. Y así te llamarás de hoy en adelante, pues así lo dicto yo, tu señor —dijo el *Cepress*, de un modo solemne.

Transcurrieron un par de segundos en un silencio que era más que tenso.

—Y sobre lo que vienes a hacer acá: Hazlo, inténtalo —dijo Ismael, sin ningún temor, con una gran sonrisa en su rostro—. Ven, joven veloz.

Juan lo apuntó con su *Vara de Muerte*, frente a lo cual el *Cepress* rió aparatosamente e hizo un leve movimiento con sus manos.

En pocos segundos Juan estaba bocabajo, sin poder moverse, con su cara pegada al suelo carmesí, babeando.

"Ves, no eres nada más que un recipiente que trae la salvación. Tanto la tuya como la mía y la de toda tu gente. Nada puedes hacer contra mí, Juan, solamente unirte a mí y ayudarme a expulsar a los invasores. Así todo este entredicho se olvidará, te lo prometo".

La voz, aquella voz, aquel tono, le recordó sus momentos más dolorosos, sus hijos, a Miriam, su misión, Montero, La Matriz, Galvar, las rocas vivientes...

Se escuchó un ruido, luego gritos y el sonido de lucha. Galvar apareció junto a la machi. A su alrededor, varios sirvientes y droms yacían muertos a su paso, despedazados.

La mujer vestía incólume los metales: su Ngütrowe en la cabeza, el Trapapakusha y sus Yüwlkuw en ambos brazos. Además, su rostro brillaba casi por sí solo.

—Buenas noches Rey que dice no ser rey —saludó Berta, con ironía al gran *Cepress*.

—Exquisita tu entrada, hermanita —contestó el monarca—. Veo que te acompaña alguien que tiene una cuenta pendiente conmigo.

Galvar avanzó unos pasos, situándose entre la machi y el *Cepress*.

—¿Qué le has hecho a Juan? —preguntó enfurecido el brujo, mientras varios droms, de distintas formas, comenzaban a salir de diferentes lugares.

—Sólo mantenerlo quieto para evitar que haga alguna estupidez. De tal palo tal astilla, ¿o no?

El *Cepress* se levantó de su trono y avanzó con calma hacia donde se hallaba tendido e inmovilizado Juan, ante la mirada llena de odio del kalku y la preocupación de la machi. Puso su pie derecho sobre la cabeza de Juan.

—¿Lo ven? Su esperanza está bajo mis pies, porque yo soy lo único que les queda. Soy la simple y gran verdad contra el nuevo orden de los Estabilizadores y sus socios del Norte. No tienen más camino que el mío.

—¿Acaso crees, de verdad, que tú eres el que liberará a los hombres? —preguntó el kalku—. Porque yo creo que sólo eres un títere, como tantos otros *Cepress* esparcidos por todo el mundo.

Galvar levantó vuelo de un momento a otro cuando su figura se convirtió en una ave grandiosa. ¡Tue-tue! Su grito retumbó por toda la gran corte.

—Veo que has evolucionado, brujo —dijo el *Cepress*, mientras Galvar se sostenía en el aire sobre él y la mujer comenzaba a tocar el *Kultrún* con fuerza—, ya no eres sólo la cabeza amorfa con alas que salió huyendo de mi protección.

Tres palabras y Juan pensó que se desvanecía... *Cepress*, Estabilizadores, protección...

"Y tú misión con la Pachamama. ¿A dónde la has enviado?", dijo la voz que venía bajo el suelo hecho con la sangre de cientos de hombres y genes traídos por los invasores. *"Toma la mía y ve con la fuerza que te da el gran Pillán bajo esta tierra, tu Primera Matriz, nuestra única madre"*.

—¡Montero, *Nu-Alwe*! —gritó Juan, logrando salir bajo los pies del gobernante. *"Pachamama"*, sonó fuerte en su cabeza.

El *Cepress,* con gran rapidez tomó del suelo la *Vara de Vuerte* de Juan y la apuntó hacia el brujo que batía sus alas y se defendía de varios *Piwuchén* que lo atacaban por todos los costados.

Juan, aún medio inconsciente, logró ver cómo su padre trataba sin éxito de luchar contra los cientos de droms que lo atacaban, perdiendo plumas y color, haciéndose cada vez más pequeño y ovalado. ¿Qué pasaba con Tulio y los demás? La machi que golpeaba el pequeño tambor sobre el piso, era pateada por hombres y droms sin rostro, mientras el *Cepress* reía con la vara en su mano.

La ira de pronto inundó a Juan. La fuerza del "todo" lo llenaba, y tal como había sucedido al ir al rescate de Montero y la machi, se transformó.

Esta vez, con mayor fuerza.

6.

Fabiola los rechazó. No quiso más esas incómodas mangueras en su piel. Les dijo a los demás que eran parte del engaño, un método para mantenerlos quietos, para no recordar su vida en el mundo ni pensar. Eran dolor y olvido.

Ella no sabía con certeza lo que sus ojos veían cada vez que miraba aquel gran círculo flotando en el cielo. Sólo hasta que la nueva mujer le habló lo supo. También recordó los rostros que su mente había negado por años. Por eso arrojó lejos los tubos que sacaban su sangre y la llevaban a máquinas que asemejaban árboles, flores, ríos y tantas cosas que no podía recordar muy bien, pero que algo en aquel círculo que flotaba en el espacio le decía que eran reales. Su mente al fin estaba despertando. Sentía la gran fuerza que emanaba de ese mundo en el vacío y que lograba oponerse al susurro de las máquinas, al embrujo maldito.

Fabiola le sonrió a Miriam y a las otras gentes que se encontraban allí, con ellas, conectados a las máquinas y a los tubos. Todos entendieron que había llegado el momento de escapar.

Los Guardianes de piel blanca y los extraños no se percataron de nada, estaban ocupados en sus ideas y planes dentro de otros planes.

De un momento a otro para ambas mujeres todo fue muy simple. Simple como el pensar en lo que una madre puede hacer por sus hijos perdidos: recibirlos, arrullarlos, comprenderlos. Por sobre todo: protegerlos.

* * *

Abajo, en tierra firme, donde comenzaba el sendero para ascender al castillo, Tulio había organizado una suerte de "retaguardia" en caso de que algo muy malo sucediera con el kalku y Berta, o fuesen atacados por algún engendro enviado por el *Cepress*.

Junto con algunas mujeres, apiñó varias piedras para cubrir aún más la tumba de Montero. Sobre ella, tal como ordenó Juan en su fugaz ascenso, hicieron una fogata.

La gran nube, con el cada vez más notorio inmenso cilindro, avanzaba hacia el castillo casi como llevado por un suave viento. Todos observaban expectantes cómo aquella gran barca celestial casi tocaba la morada del *Cepress.* Un sonido bajo, penetrante y firme, emanaba de la enorme máquina. Por sus costados se comenzaron a mostrar gigantes espinas, las que lanzaban el humo que unos momentos antes cubría toda su estructura, de ellas también comenzaron a salir rayos y fuertes llamaradas azules. El sonido comenzó a semejar al grito de muchas personas.

El miedo que experimentaron todos los ahí presentes era el más grande jamás vivido, ni siquiera cuando los engendros enviados del *Cepress* llegaban al Hábitat a robarse a sus semejantes, habían sentido tanto susto. Era el temor a lo inconmensurable, a lo ajeno, a lo que puede borrar todo el mundo de una vez, al mundo querido y al hogar de siempre, por más malo que éste hubiera sido.

Pero Tulio, al igual que muchos de los otros, se había propuesto no sentir nunca más miedo. Era preferible la muerte a convertirse seres sin futuro ni esperanza, tal como el guerrero *Kuan* les había dicho. Cuanto admiraba a ese hombre, algún día seré como él, pensaba Tulio, algún día tendré hombres que me seguirán y haré de mi gente lo más grande del mundo.

Pero para que aquel pensamiento se hiciera real debían vencer al *Cepress,* y luego a los dioses de aquella inmensa barca infernal sin temer a caer muerto. Pero la muerte, como tal, había acompañado a su gente desde siempre, pensó.

Transcurrieron algunos minutos más y nadie se atrevía a tomar una acción, nada sabían del brujo y la machi, ni menos de Juan. Para Tulio estaba claro lo que debían hacer: subirían de inmediato, aunque fuese entre el sonido de los truenos y los rayos, que habían comenzado a surgir de la tierra y también desde la barca flotante.

7.

Galvar yacía herido y derrotado en el suelo de la gran corte. Sólo era una cabeza lampiña con dos grandes y desplumadas alas. No parecía lo que para Berta siempre había sido: un gran y poderoso brujo. Frente a ella existía un ser degradado.

La mujer había visto en qué se había convertido Juan, allá en las tierras bajas, pero nunca se imaginó lo que a continuación iba a presenciar, el poder que traía aquel joven padre.

Juan se había transformado en un enorme felino dorado.

Según calculó rápidamente el *Cepress*, su Toki Konnalef, ahora medía dos metros de alto y más de tres de largo. No tuvo más tiempo para pensar.

De un gran zarpazo el Rey-*Cepress* fue desarmado, y su trono, junto a trozos de su traje carmesí, llenaron el lugar. Todo ser de la gran corte del *Cepress*: Chamanes y humanos que se habían entregado a sus órdenes y caprichos, se quedaron inmóviles. Su soberano yacía en el suelo, como un estropajo. Inerte.

Berta temblaba. El kalku, convertido en una cabeza con alas, se retorcía con agónicos espasmos en el suelo.

Algo comenzó a sonar muy fuerte y todo el lugar se sacudió como si la tierra se agitara en un gran terremoto. Juan, que todavía estaba convertido en un inmenso Puma, rugió con tal fuerza que hizo que varias cabezas de droms estallaran, dejando ensangrentada la corte.

Luego, un zumbido ensordecedor cubrió todo, al igual que una luz enceguecedora. La machi cayó al suelo y se tapó con desesperación los oídos, al momento que el gran puma corría desesperado por toda la corte, destrozando a todo drom y sirviente que se cruzara en su camino, gruñendo hacía lo alto y deteniéndose en el gran ventanal que tantas veces el *Cepress* había usado para ver sus dominios.

Lo que vio, hizo que su furia se desvaneciera como el agua en la arena.

Por un costado del gran cilindro -que casi tocaba el castillo- varias figuras fueron "tomadas" por uno de los rayos que habían comenzado a salir desde la superficie, cayendo muchos metros hasta que se desvanecieron al tocar el suelo.

Entre las figuras estaba Miriam. Juan lo intuyó, lo supo. ¿Qué haría él ahora? Debía bajar. Miró a su alrededor y sólo encontró una gran devastación. Había desarmado al *Cepress* y matado a los miembros de su corte. Ahí se encontraba Ismael, en el suelo como cualquier ser humano, frágil y a merced de lo que iba a suceder a continuación. Ahí también se encontraba su tía Berta, la machi, abrazando a un hombre herido, a su padre, al kalku.

Debía ir por Miriam en donde fuera que estuviese. Sin duda el precio a pagar ya estaba siendo cobrado, pensó, al recordar las palabras del hombre de piedra.

Cuando tomó el rumbo por la escala, hacia la salida, de un gran agujero que se abrió en lo alto de la corte brotó una fuerte luz, por donde una gran escala en espiral bajó hasta tocar el húmedo y fétido piso de mármol.

De ella, tres siluetas descendieron.

8.

Miriam y Fabiola, junto a los demás hombres y mujeres, se dirigieron donde se encontraban los pequeños seres de ojos grandes en el gran crucero celeste. Fueron detrás una gran puerta metálica que emitía luz propia, la cual se encontraba al fondo de un pasillo circular. Cada uno de ellos tomó un objeto para defenderse de los hombres rubios vestidos de blanco.

Tres de ellos quedaron sangrando, inmóviles en el piso cuando Fabiola los golpeó con un tubo gris de una de las máquinas. Los hombres no supieron cómo defenderse del ataque.

—Es muy extraño que no vengan más, o que alguno de los Estabilizadores no aparezca —dijo Miriam.

—Mejor que así sea. Hay salir de aquí e ir donde los nuestros —contestó Fabiola.

—¡Una salida! —gritó una de las tantas mujeres que había acatado la orden de liberarse de las máquinas.

Por el pasillo se abrió una pequeña escotilla a un costado. Al mirar por aquella abertura, Miriam pudo observar la superficie, donde el gris suelo comenzaba a aclararse cada vez más, gracias a la luz que llegaba desde el horizonte a pocos minutos de amanecer.

Tanto Fabiola como Miriam se dieron cuenta del peligro. Los demás, poco a poco, se acercaron para ver, y llegaron a la misma conclusión: estaban perdidos. Por un lado, más temprano que tarde llegarían los Estabilizadores, quienes los obligarían nuevamente a conectarse, o quizás algo peor. Por otro lado, el vacío que se extendía tras la escotilla, como llamando a la muerte segura en el seno de la madre tierra.

—Esperaremos —dijo Fabiola.

Los demás asintieron en silencio, mientras se apartaban de la escotilla para evitar los rayos del sol que pronto comenzarían salir.

De pronto, la gran puerta del fondo dejó de brillar, y se abrió. Dos hombres entraron: uno de ellos era Midletton, seguido por dos pequeños grises de ojos grandes.

—¿Qué han hecho? Estúpidos indios —dijo el alto hombre, dirigiendo su pregunta a Fabiola.

—Tan sólo recordar —contestó la mujer.

—Pero... ¿cómo es eso posible? —preguntó Midletton a uno de los Estabilizadores.

«TODO ESTÁ BIEN, NO TEMA».

La respuesta que recibió el hombre del norte de aquel ser no era lo que esperaba en absoluto.

En seguida, un gran rayo verde-azulado entró por la escotilla lateral, tomó a todos los humanos, llevándoselos hacia el vacío.

La caída duró un tiempo que no tenía tiempo. Tanto Fabiola como Miriam y los demás sintieron como eran abrazados por una fuerza más allá de toda comprensión o sentimiento humano.

La madre recibía y cobijaba a sus hijos. Los rescataba definitivamente de lo ajeno y maldito.

El gran mar de vida los recibiría de una vez por todas, serían cobijados en la gran ciudad de Shamballah por los dioses de la Pachamama, hasta que el tiempo que debía transcurrir lo hiciera. No debían temer, no debían dudar.

V

Dos Fuerzas

1.

Frente a Juan tres personas de pie lo observaban. Dos eran muy diferentes y no se asemejaban en nada a los droms; eran pequeños, de gran cabeza, de ojos penetrantes y oscuros. El otro, era un hombre con la piel aún más blanca que Montero.

—Hola Juan —dijo el hombre con un extraño acento.

«¿Cómo sabía ese tipo su nombre?», se preguntó Juan.

—¿O quizás, Toki Konnalef?

—¿Cómo sabe esos nombres? —preguntó Juan, con un tono nada de cortés.

—Ellos me lo han dicho —respondió Midletton, señalando a los dos "Estabilizadores" a su costado.

—¡No dejes que entren en tu cabeza, Juan! ¡Tú puedes evitarlo! —gritó Berta desde el fondo del gran salón.

El ser gris dirigió su mirada hacia la machi.

«SILENCIO, MUJER. VOLVERÁS A TENER LA EDAD QUE TE CORRESPONDE. YA HAS CUMPLIDO TU MISIÓN POR LA CUAL FUISTE MODIFICADA».

Juan corrió, ya como hombre y tan desnudo como se encontraba, hacia su tía, quien presentaba en su rostro el terror más grande que él hubiese sido testigo en la persona de la machi.

La mujer, de pronto, comenzó a marchitarse. Su piel parecía cada vez más delgada, marcando toda su forma ósea para hacerse presente ante los ojos de Juan. El pelo pareció volar a causa de una brisa inexistente, sus ojos se blanquearon casi hasta la transparencia y sus manos eran huesos envueltos por un cuero delgado y oscuro.

—¿Qué has hecho con mi tía criatura maldita? —preguntó Juan que estaba enfurecido—. Ahora quizás pretenderás terminar con mi padre. Pero conmigo no te garantizo esa facilidad.

—Tranquilo, Juan —habló Midletton—, lo que ha pasado era lo previsto. Lo mismo sucederá con todos los otros *Cepress* del mundo. Ahora deberás unirte al nuevo orden de Estabilización. El mundo va a cambiar, tú vas a cambiar. Ellos tienen la llave para el nuevo proceso evolutivo. ¿Entiendes lo que te digo?

Juan movió la cabeza en desaprobación. Miró a la machi, convertida casi en un esqueleto, a su padre, que había recuperado la forma humana y se encontraba lleno de heridas y gimiendo sobre el piso. Más allá, Ismael volvía en sí y con horror se daba cuenta de lo que estaba sucediendo. Miró en todas direcciones buscando algo, hasta que gateando se dirigió a un rincón donde se encontraba el casco protector. No alcanzó a llegar.

«A DÓNDE CREES QUE VAS TRAIDOR. ACASO PENSABAS QUE NO SABÍAMOS DE TUS PLANES. DEBES SER ELIMINADO».

El pensamiento-voz del Estabilizador hizo que Ismael se retorciera de dolor en el piso, aullara de agonía hasta caer desecho y sin vida.

Juan sintió otra vez la ira, no sólo la ira de él y de su desdicha por perder a Miriam, a Berta y quizás a sus hijos, sino una más grande, una que nacía de todos los rincones, del suelo, el aire, de la sangre derramada en aquel suntuoso lugar. Sangre de los hombres, de los droms, del *Cepress... su Nguënéchén*. Sangre de la tierra, de su mundo. Sangre de la *Primera Matriz*.

—¡*Kuan*!

Tulio hizo su aparición junto a los otros guerreros, para dar ayuda a su joven líder.

—Tulio, ¡detente! Quédense donde están —advirtió Juan—, ellos son muy peligrosos.

—Lo sabemos, mucha gente cayó del gran cilindro, fue absorbida por la tierra por medio de una fuerte luz.

Juan buscó los ojos de Midletton, quien se encontraba tan o más perturbado por lo que el pequeño Tulio había dicho.

«ES LO CORRECTO. PERO DEBES CREER. NO PUEDES NEGARTE AL AVANCE QUE NOSOTROS ESTRUCTURAMOS. LOS QUE DESEEN MORIR, CAERÁN Y SERÁN LLEVADOS A LA HOGERA».

Juan pudo escuchar en su mente, con claridad, los mensajes que los Estabilizadores le enviaban a Midletton.

De un momento a otro los dos Estabilizadores se enfocaron en él.

«DA TU SANGRE. DA EL RESULTADO DE QUINCE GENERACIONES. HEMOS ESPERADO LO SUFICIENTE PARA ENTRAR AL PRÓXIMO NIVEL».

—No voy a entregar nada —contestó Juan.

—Hágale caso —dijo Midletton—. Son inmensamente superiores a nosotros; llevan más de treinta siglos en esto.

—¡Señor! —gritó Tulio que estaba junto al cuerpo de la machi—, su tía todavía vive, y algo está diciendo.

Juan avanzó de espaldas, sin quitar la vista de los extraños, hasta quedar al lado de la masa esquelética de la mujer.

La voz sólo repetía una frase apenas perceptible:

—Son... solamente... uno... Son sólo... uno. Son Uno...

Uno de los Estabilizadores se acercó en un abrir y cerrar de ojos a la mujer, tocándole la cabeza, haciendo que su cuerpo se deshiciera como la arena.

«NO HAY NADA QUE PUEDA HACER. SOY TODO Y MÁS DE LO QUE EN ESTA TIERRA HAY. LOS CRISTALES SOLARES QUE RODEABAN AL PLANETA HAN SIDO RETIRADOS PARA LA SIGUIENTE FASE Y LA ESTRELLA NO CAUSARÁ MÁS EFECTOS EN LA FLORA Y FAUNA DE ESTE MUNDO. PRONTO RECIBIRÁN NUESTRO ELIXIR DE VIDA PARA DAR EL PASO DEFINITIVO».

La ira de Juan aumentó mucho más. "Malditos manipuladores", se dijo.

—Juan... el germen también está casi... erradicado —la voz de Midletton era dubitativa—, sólo necesitamos tu sangre para que el anticuerpo funcione en un cien por ciento.

—No se dan cuenta que la ponzoña la hicieron ellos, todo esto estaba planeado, más de lo que ellos-él le han dicho. Todo es un plan maldito destinado a cambiar la esencia de los hombres y animales de esta tierra —Juan hizo una pequeña pausa, mientras sentía cómo sus músculos comenzaban a cambiar otra vez—. Pero esos infelices no contaron con algo muy importante.

—¿Qué dice?

—¡La tierra misma, la *Pachamama*! —gritó, terminando con un gran rugido.

Y Juan ya no era Juan.

Saltó sobre los dos alienígenas, mientras un pensamiento escapaba-llegaba desde o hacia sus cabezas calculadoras, con algo muy semejante al temor a lo desconocido. Cabezas que fueron cercenadas por las fauces del gran felino en el cual Juan se había transformado otra vez.

«NO HAY MÁS TIEMPO».

El gran puma saltó hacia la entrada del gran cilindro, a la vez que Midletton huía hacia donde estaba Tulio con el grupo.

Juan pudo entrar en su interior y destrozar a cuanto Estabilizador u hombre se le cruzara en el camino. Destruyó las máquinas que ayudaban al gran barco navegar por los cielos. No había nadie de su gente a quien salvar. Únicamente cabía la posibilidad de destruir aquel artefacto por completo y saltar por donde entró.

La gran estructura que flotaba sobre el castillo comenzó a caer y en su caída derrumbó una de sus torres. Poco antes que se estrellara, el gran puma dio un inmenso salto hacia un costado saliendo del enorme vehículo y, sin detenerse, siguió su camino hacia el norte, perdiéndose a los ojos de los hombres en pocos minutos.

«Los niños», pensó Juan, el *Pangui*, y se detuvo. Sentía la vida de ellos y la de tantos otros pequeños dentro de otro gran cilindro. Corrió hacia su objetivo. La madre tierra, sin duda, lo estaba ayudando.

Juan era poderoso, fuerte, joven y veloz... "El Toki Konnalef", pensó Galvar, mientras, a duras penas, lograba incorporarse y ponerse de pie.

—*What is that? That is imposible!* —Midletton no daba cabida a lo que había sucedido hace unos instantes. Estaba temblando de miedo.

—Es mejor que olvide todo lo que ha hecho, señor —respondió Galvar—, ahora van a suceder muchas cosas. Cosas que ni siquiera yo habría previsto. La traición de ustedes al unirse con aquellos invasores se pagará con sangre, del mismo modo que las víctimas de sus máquinas y el *Cepress*.

Midletton quiso escapar, pero Tulio y varios hombres lo detuvieron. Algunas mujeres, ayudaron a Galvar a salir de aquella ensangrentada corte.

El brujo volvió la mirada hacia las cenizas que alguna vez fueron la vieja y sabia machi. Él era el último kalku vivo. Debía sobrevivir para el bien de su pueblo y ayudar a su hijo.

2.

Sobre Juan y su gran figura de puma dorado, flotaba otro gran barco de la inmensidad, el cual iba sin apuro hacia un castillo al borde de un enorme acantilado. Había sido veloz y se encontraba muy al Norte, donde nadie de su gente había llegado, ¿quizás su padre? Algún día se lo preguntaría, si es que ese día llegaba a existir.

Corrió y luego saltó hacia aquel otro gran castillo, donde el otro cilindro volador estaba situado. Entró por uno de los ventanales.

Al estar en su interior vio una escena similar a la dejada en el territorio de Ismael, con la diferencia que allí los vencedores eran los invasores, y aquel otro *Cepress* se encontraba junto a los hombres del norte y los extraños de color gris.

De pronto una voz llegó a él:

«TE ESPERABA. SABÍAMOS QUE ESTARÍAS AQUÍ PRONTO. TOMAR A LOS PEQUEÑOS NO CAMBIARÁ NADA».

No importaba lo que ellos decían. Le dispararon con diferentes armas, lo atacaron con sus mentes, pero nunca llegaron a hacerlo sentir débil o caer del dolor.

Otra voz, que era parte de la que le habló en un comienzo, dialogó con las otras voces que se hacían una:

«EL ANIMAL PENSANTE ES VARIOS ORGANISMOS EN UNO. NO TIENE LA ESTRUCTURA DE UN SER DE ESTE MUNDO».

«ES UN ELEMENTO NUEVO EN EL ESQUEMA».

«EL LÍDER DEL SECTOR DEBERÁ ENFRENTARLO».

Juan hizo que esos pensamientos-voz fueran barridos, junto con los demás seres de aquella sala, por la ira de la Tierra. Por su propia ira.

Quieto y jadeante quedó el enorme puma al observar la devastación causada por él mismo y la ira de la Pachamama.

Entre los escombros aparecieron dos mujeres encadenadas a una estructura de color y a serpientes que escupían sangre. No, no son serpientes, pensó

Juan -aún sin volver a su condición humana-, son máquinas de dolor y de muerte.

Las destruyó de dos zarpazos certeros, liberando a las mujeres. Su gruñido se oyó por todo el castillo.

—Ve, oh gran salvador, por nuestros hijos, sobre aquel luminoso infierno —le dijo una de las dos mujeres, sin mostrar temor alguno al ver la trasformación de su liberador.

Y Juan, vuelto nuevamente hombre, las liberó con la fuerza de sus manos. Después subió aquella escala en espiral hacia la incierta luz del gran cilindro, donde estaban sus hijos y los hijos de muchas familias.

En su interior no había más que soledad, diferentes sonidos inundaban todo a su alrededor. No había más hombres del Norte ni Estabilizadores. Cruzó varias puertas hasta llegar a una de mayor tamaño en forma de cruz. Al pararse frente a ésta, desnudo como estaba, se abrió.

Cientos de pequeñas cunas de cristal mantenían a los niños con vida. De estas cunas salían los ya abominables tubos con la sangre de ellos.

Pensó con todas sus fuerzas en que eso debería detenerse. Y todo se detuvo en ese lugar. Las cápsulas se abrieron para que el llanto lastimoso y de abandono de los niños llenara todo aquel sitio.

Una voz punzó con fuerza su mente:

«NADA PUEDES HACER HOMBRE. YO SOY EL ÚNICO QUE DEBE DETENER EL PROCESO».

Tras él, un Estabilizador. Pero no era como los otros. Era único y por completo diferente. Se asemejaba mucho a los traidores del Norte, pero su piel era más blanca aún y sus ojos más claros, al igual que su abundante cabello.

—Si nada puedo hacer, ¿qué hago aquí entonces? —respondió Juan.

—Todo es parte de tu destino y de este mundo —contestó con palabras el nuevo Estabilizador.

—No es así —respondió el joven guerrero—. Es la tierra misma la que me envía a expulsarte a ti y a tu multitud de chupasangres.

—Estás equivocado, hombre nacido de mujer. No porque tu moribundo planeta te haya entregado ciertas cualidades, tendrás el poder de vencernos.

—Más que sólo este mundo, invasor iluso. Tuviste eones para saber y aprender, pero tus ansias de control y poder nublaron tu actuar y el de tus máquinas sin alma. ¿Oíste bien?, almas.

Toki Konnalef miró desafiante a los ojos del Estabilizador, profundamente durante unos largos minutos, hasta que un grito desgarrador hizo que aquella aparente poderosa e indestructible entidad cayera de rodillas aterrorizada.

—Sí —dijo el Toki—, la *Primera Matriz* del mundo me ha conectado con la otra gran Matriz del Universo, y tú no eres nada para poder vencerla. Muere de una vez, el Newen y yo reclamamos tu existencia.

No hubieron palabras ni lamento. El albino Estabilizador cayó muerto a los pies del gran Toki.

Algunos niños, los mayores, pudieron bajar solos de aquellas cápsulas. Los que estaban más en alto y también los más pequeños fueron sacados por una luz azul que brotaba de las manos del guerrero y dejados con delicadeza en el piso de la nave. Allí, entre todo aquel caos, Juan pudo ver finalmente a sus hijos. Estuvo con ellos, les habló y les contó sobre la misión que él debía cumplir por el bien de todos. Pidió a las dos mujeres que lo ayudaran, que luego llevaran a Daniel y Pedro con su pueblo y con Galvar. Sus dos hijos brillaron a los ojos de Juan como grandes gemas en bruto.

—Llévenlos a ellos dos con todo mi amor y cuidado —dijo, mientras los abrazaba—, ellos llevarán mi herencia por siempre.

—Lo que diga, Gran Toki —contestaron, con gran elocuencia, las dos mujeres.

—No soy un gran toki —dijo Juan—, sólo soy un guerrero más de mi pueblo y de la tierra.

Ambas mujeres asistieron, no sin cierto temor. Todos los niños lo miraron en silencio y luego rieron. Ya no habría más llanto.

Todos los sobrevivientes bajaron del cilindro por la escala que llevaba al castillo. Los hijos del Toki no quitaron los ojos de él hasta que, llevados por las mujeres y junto a los otros, se perdieron en la distancia.

3.

Pasaron tres días y la gente del Hábitat aún lloraba la partida de su Toki y la extraña desaparición de los que cayeron desde aquella enorme barca del cielo. Hicieron un *Cuel* aquel tercer día, en recuerdo a esos idos que fueron tragados por la madre tierra, que se habían mezclado con ella, dando con sus cuerpos un escudo para protegerse de las posibles nuevas armas biológicas de los invasores.

Algunas semanas después, el arribo de cientos de niños, entre los cuales estaban los hijos de Juan junto a dos mujeres del norte, fue de gran consuelo para todo el pueblo. Galvar llevó a sus nietos siempre cerca de él.

El kalku tomó el mando del Hábitat. Y ya sin el suplicio del sol abrasador y los intrusos, ordenó un éxodo masivo hacia la nueva tierra del extremo sur, cruzando lo que todavía quedaba del mar antiguo.

La sangre de los grandes cilindros y los cuerpos de los suyos, que se habían juntado con la *Primera Matriz* en el mar de vida, crearon definitivamente los anticuerpos para vencer a la ponzoña que tanto había esclavizado al hombre por siglos. Ahora seguirían a las tortugas del desierto. Ellas, según dijo, los llevarían a nuevos parajes, más al sur que la Tierra del Fuego, donde se establecerían a vivir en paz, mientras la Pachamama cambiaba para ser un gran y único organismo planetario.

Galvar, antes de preparar la partida, y siendo el nuevo líder, decidió esperar algunos días hasta el solsticio, para celebrar la nueva etapa en que ellos iban a entrar. Celebrarían el We Tripantu y recibirían al sol una vez más como su aliado y con agradecimiento.

Un día, luego de las ceremonias, cuando estaban a punto de zarpar en las balsas de cuero y madera para ir entre las miles de islas que los separaban de la nueva tierra, alguien le preguntó a Galvar cuándo dejarían de comer las galletas que llevaban la sangre de Juan y los hombres del norte, los cuales, por orden del propio Galvar fueron entregados al Mar de Vida.

—Cuando lo deseen —respondió el kalku—. Sólo habla con Tulio. Él rescató un viejo libro de la cueva de Montero. ¿Sabes cómo se llama el libro?

—No, señor —contestó el hombre.

—"Recetas del Chef para una vida sana" —contestó sonriente Galvar, el ahora proclamado Lonco de su gente.

—O sea, ¿no más galletas?

—Así es, no más bacterias y no más galletas de ese tipo —respondió. Miró el amplio horizonte que se venía hacia ellos como un gran y desconocido destino—. No sólo de galletas puede vivir el hombre, ¿no lo crees así?

—Sí, señor, creo que ya estaba bueno de galletas.

Ambos rieron contagiando a todos los ahí reunidos.

4.

"Yo soy Toki Konnalef, y así me llamarán de ahora en adelante. La protección de la tierra es mía y he tomado la tarea con humildad, en nombre de toda mi gente y de todo el mundo; porque llevo la sangre pura que me ha dado la Pachamama y mi raza, también por el conocimiento de los amigos de larga vida, que se han ido en la primera batalla. Y voy, como un viento por el lodo, por el Mar de Vida, por las nuevas tierras y por lo que queda del viejo mar; tomando las formas vivas del reino de Mapu, que se me entregan por la gracia de la Tierra. Yo cuidaré, yo vengaré, yo buscaré".

—Aguardaremos por ti y los otros, Juan.

—Mi nombre ya no es ese, Miriam. Debes nombrarme por el nombre que se me ha dado.

—No importa cómo te llamen. Para mí siempre serás Juan, mi amor, el padre de mis hijos, el hombre que liberó mi cuerpo y alma.

—He liberado más que eso, y debo seguir haciéndolo.

—Lo sabemos, Juan —respondió la otra figura de piedra que era Fabiola, su propia madre—. Debe ser difícil para ti estar en dos lugares a la vez, pero es lo que nuestra Madre te ha dado y lo que necesita del gran Toki Konnalef.

—Te amo esposo, esperaré por ti.

—Nos reuniremos, dalo por seguro —respondió el guerrero.

—Adiós, hijo.

La piedra, que fue Miriam por algún momento, volvió a su estado sólido y la voz se fue con el viento. La figura de Fabiola se convirtió en arena, deshaciéndose ante los ojos del Toki. Al hacerlo, sonrió con esa sonrisa de madre cómplice y comprensiva, de amor incondicional.

La figura del gran guerrero se perdió entre la penumbra, el ruido de los pájaros nocturnos y el cielo salpicado de luces y calma.

Por todo el mundo, Toki Konnalef, el gran Pangui, corrió dando la noticia de la liberación y expulsando a los invasores que aún quedaban, y eso, lo haría mientras durara toda su vida.

Él sabía que quizás ella no era suficiente, pero estaba su descendencia, además, la Madre Tierra tenía todo el tiempo para protegerse de la intromisión, y debía hacerlo. Mal que mal los intrusos tenían casi la eternidad para esperar y podían refugiarse en las profundidades.

Y ellos siempre lo habían hecho, aguardando incólumes en las estrellas, bajo el sol interno y en el tiempo. Pero ahora en la madre Tierra todo cambiaba para unirse a la otra matriz, a la más grande y antigua. Por eso, el gran Toki estaría ahí para expulsarlos, siempre vigilante y al asecho. Y no había vuelta atrás. Ya no.

Epílogo

Al cabo de dos meses el pueblo del Mapu pudo establecerse en un valle que tenía las características necesarias para formar un buen hábitat, aunque ese nombre se cambió a los pocos días de la construcción de las primeras chozas. Galvar llamó al hábitat Pueblo, y el pueblo se llamó Antarai.

Con el transcurso de los años se crearon campos de cultivo, se domesticó el ganado bovino silvestre que fue encontrado tras los cerros que rodeaban a ese valle, se descubrieron más ríos y se hizo un camino hacia el mar, donde se construyó un pequeño embarcadero para botes de pesca.

Los hijos de Juan crecieron fuertes y con sabiduría. Reemplazaron, en el liderazgo de Antarai, a Galvar, luego de la tranquila muerte del brujo. Daniel lo hizo como Lonco y Pedro como Toki. También se tuvo que reemplazar a Tulio, el cacique, quien desapareció junto a veinte hombres cuando se adentraron más al sur, en busca de minerales y nuevas fuentes de alimentación para crear un nuevo pueblo. El cargo fue tomado por la hija mayor de Pedro, Antumalen, la que venció a todos sus competidores en una brava disputa.

Del Toki Konnalef nadie supo más. Según las últimas veces que Galvar habló a su gente, contó que fue visitado por el espíritu de su hijo, el cual estaba sano y seguía luchando contra los invasores en diferentes partes de la tierra y bajo la superficie. Nadie entendió mucho al respecto, pero años después, cuando los hijos de Juan eran casi ancianos y los hijos e hijas de ellos eran fuertes y jóvenes, se entendió a qué se refería el valiente Lonco, padre del liberador y último kalku del mundo.

Glosario

Cacique : Autoridad de los hombres, del Hábitat o pueblo, también: Lonco.
Cepress* : Conde o Rey de un territorio determinado, dado por los Estabilizadores.
Cuel : Montículo de tierra de origen Mapuche, con carácter religioso.
Chunfülwe : Arco.
Kalku : Brujo, bruja.
Kidungüneun : Independencia.
Konnalef : Joven y veloz.
Kuifi : Viejo sabio.
Kullín : Animal.
Kümelka : Tranquilamente.
Kümelkakechi : Tranquilidad.
Lafken : Mar.
Lonco : Cacique.
Machi : Mujer sanadora, encargada de luchar por el bien y comunicarse con las divinidades.
Machitún : Ceremonia de la Machi para curar el mal.
Mapu : Tierra región.
Mapuche : Pueblo originario de América del Sur, de la tierra de Mapu.
Newen : Espíritu Universal.
Nguënéchen : Deidad dominador de los hombres.
Njütrowe : Adorno tejido con incrustaciones de plata, que va puesto en la cabeza.
Nu-Alwe* : No muerto.
Pachamama : Madre tierra.
Pangui : Puma.
Péuma : Sueño.
Pillán : Gran volcán fuente de fuerza en la tierra, gran espíritu ancestral.

Piwuchén : Animal de características vampiresas que se presenta en diferentes formas.
Ruka : Choza, casa.
Tralkatufe : Cazador.
Tromü : Nube.
We Tripantu : Año Nuevo Mapuche.
Wenguenam* : Hombre sin alma.
Wentru-Keno : Ser artificial.
Willi : Sur.
Willinmapu : Tierra del pueblo Mapu.
Yüwlkuw : Anillo o pulsera.

(Palabras del idioma mapudungún, excepto *)

Biografía del autor

Armando Rosselot, nacido en Santiago, en 1967, estudió en el colegio *The Grange School* toda su educación escolar. Ingeniero en sonido (U. Vicente Pérez Rosales) y diplomado en literatura infantil y juvenil (Idea-Usah 2015).

En 2006 publicó un libro de poesía por editorial Mago Editores, llamado ***Huesos de Pollo Bicéfalo***, ha publicado poesía y relatos en libros de antologías en Chile (Bordecerro y Plaza Italia) y España (Especial Asimov de Libro Andrómeda y Eridiano Chile de Alfa Eridiani).

En 2007 sale el relato *Los niños se aburren por la tarde*, en el libro de relatos fantásticos ***Alucinaciones TXT*** de editorial Puerto de Escape en Chile.

Además, ha publicado relatos en los libros de literatura fantástica y ciencia ficción **POLIEDRO**. *Poliedro I*

(2006), *Poliedro 2* (2007), *Poliedro 3* (2008), *Poliedro 4* (2010) y el volumen 5 el 2015, del Grupo Poliedro, siendo, hasta ahora, uno de los editores del proyecto.
En 2009, en noviembre publicó la novela fantástica juvenil: ***Te llamarás Konnalef,*** de editorial Forja, Chile.
En noviembre del 2014 publicó su 2da novela ***Tarsis,*** primera de una tetralogía (8128), por la editorial Austrobórea. En 2015 publica dos poemarios pequeños por Opalina Cartonera: ***Anexos del siglo pasado*** y ***Otro Suelo***. En noviembre del 2015 se publica la 2da novela de la tetralogía: ***Entidad,*** también por Austrobórea.
El 2016 se realizó la republicación de la primera novela juvenil ***Te llamarás Konnalef*** la que fue por completo corregida, ya que tendrá una segunda parte. La nueva versión se llama ***TOKI*** (Editorial Segismundo); también se publicó un poemario: ***American Home*** (Editorial Askasis).
El presente año lanzó a fines de abril su poemario ***Cementerio de Mundo*** por Cerrojo Ediciones.
Colaboraciones en revistas electrónicas y páginas web desde el 2005: Cinosargo, Tauzero, Ngc 3660, Axxon, Alfa Eridiani, Aurora Bitzine, Diaspar, La Marcha, El Foso, etc.
Además, dicta un taller de literatura fantástica, uno de literatura para jóvenes y dos talleres de novela en **Estudio taller 112**.

Tabla de materias

Colofón

Este libro se imprimió mecánicamente, no sabemos dónde ni cuándo, por algún robot dedicado a la impresión bajo demanda. Por lo tanto, nos es imposible indicar cuántos ejemplares han sido producidos a la fecha ni cuántos lo serán en el futuro. Esperamos que se haya usado papel Bond blanco y una tapa dura polilaminada a color, con una encuadernación rústica mediante *hotmelt*. Por lo menos estamos seguros de haber usado la tipografía *Book Antigua*, en varios tamaños y variantes, para la mayoría de su interior.

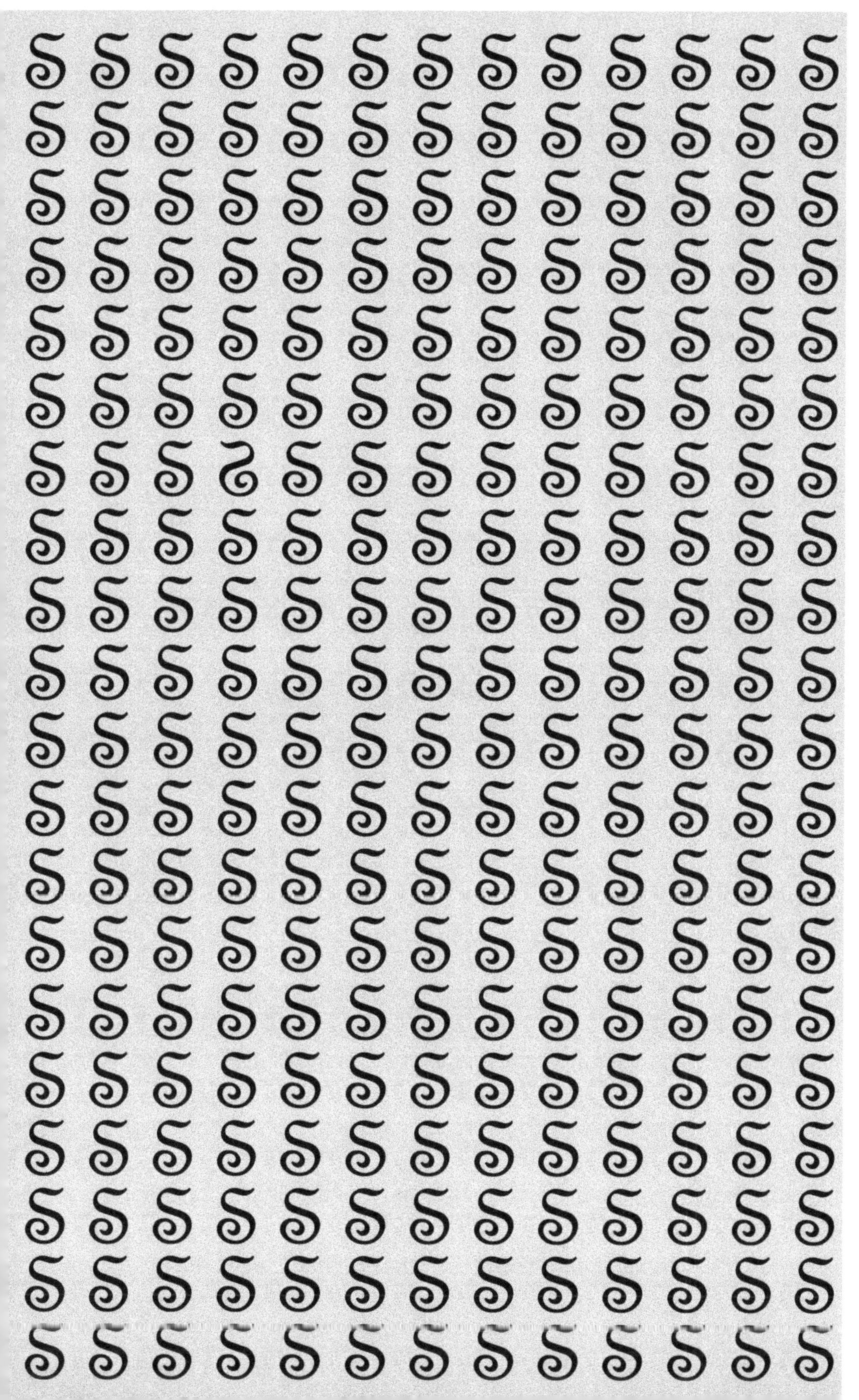

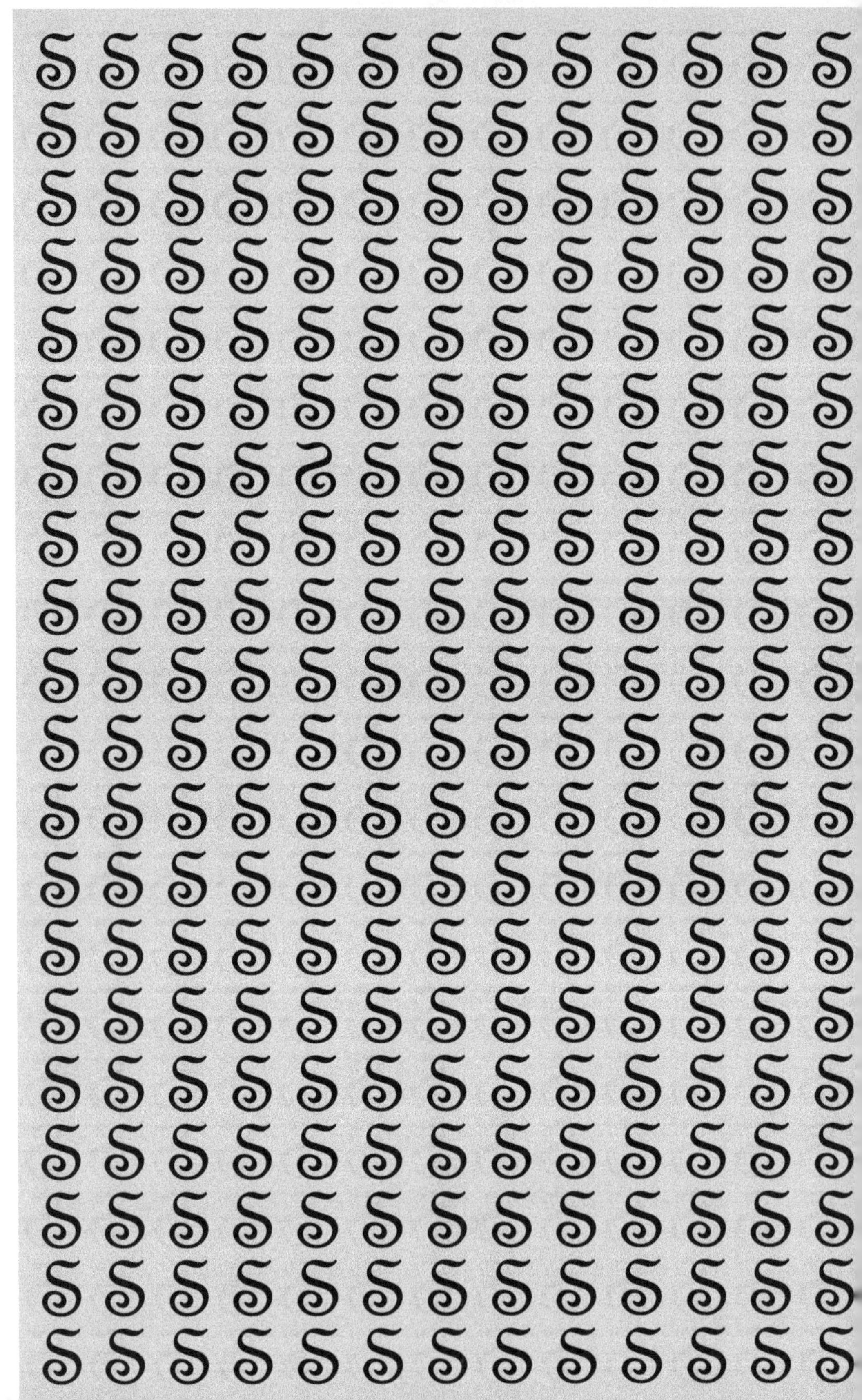

www.ingramcontent.com/pod-product-compliance
Lightning Source LLC
Chambersburg PA
CBHW070630310726
48982CB00001B/240

9789569544828